庶民のお弁当屋さんは、オオカミ隊長に拾われました。愛妻弁当はいかがですか？

登場人物紹介
グーエン・テラス
獣人の国セスタの港町・
イグラシアで警備隊長を務め、
『氷の微笑』と恐れられる銀狼。
ヒナを自分の『番《つがい》』と呼び……
暁《あかつき》 炎《えん》路《じ》（アカツキ）
普通の会社員だったが、
勇者として異世界に召喚された。
ヒナが勤めるお弁当屋の常連。
七《なな》和《わ》日《ひ》南《な》子《こ》（ヒナ）
お弁当屋に勤める十八歳。
勇者召喚に巻き込まれて異世界にやってきた。
料理が好きで、将来自分の
キッチンカーを持つのが夢。

リヒトル・エバナ
イグラシアの警備隊を束ねる団長で、
グーエンの育ての親。
ノニアック・マーカー
イグラシアの海兵隊長。
グーエンのことをライバル視している。
シャマラン・ゴルド
グーエンの部下で、鳥の獣人。
少しお調子者。

第一章　勇者とオマケのわたし

都会のビル群に囲まれた公園に、一台のキッチンカーが停まっている。

出店しているのはお弁当屋『箱弁《はこべん》小町』だ。

今日のおススメは、バターピラフとじっくり煮込んだリブ肉のお弁当、名物のチーズ入りハーブコロッケ付き。サイドメニューの野菜スープは、春キャベツと春雨の入ったヘルシーながら腹持ちがよいもので、スープだけを買う女性客も多い。

ここのお弁当は、ガッツリ食べたい男性客にはボリュームを、女性にはヘルシーかつしっかり栄養を摂《と》れるメニューを提供し、繁盛している。

「日南子《ひなこ》ちゃん。さっきの常連さんが、お釣りの三百円を受け取らずに行っちゃったのよ。追いかけてくれない？」

「はーい。任せてください！」

わたしは経営者の白瀬《しらせ》さんから三百円を受け取り、白瀬さんの目線の先にいるスーツ姿の男性を追いかける。

常連の若い男性で、この近辺の会社に勤めているらしい。いつも首から下げた社員証を胸ポケットに入れている。

そこそこ顔が良くて、明るい子犬のような元気のいい人だ。

人懐っこい性格のようで、お弁当待ちの行列でも近くの人とすぐに打ち解けて喋《しゃべ》っている姿をよく見る。うちのお店でも常連として顔を覚えられていて、「息子に欲しいくらいの好青年」と言われている。

「お客さん。お釣りを忘れていますよ！」

信号待ちをしていた常連さんの背中をポンポンと叩く。すると、彼は後ろを振り向いたものの、目線をさまよわせる。

すみません。下ですよ……下。

わたし、七和《ななわ》日南子は残念ながら、背が低い。

百四十五センチの小学生並みの身長。口に入るものを扱う仕事のため、衛生を考えて化粧はしていない。肩までの黒い髪も、しっかり結んでいる。それもお洒落《しゃれ》なシュシュなどではなく地味なゴムでだ。よって、とても幼く見える。

そんなわたしにようやく気づいて、常連さんは下を見てくれた。

まぁ、いつもはカウンター越しでしかやりとりをしないので、身長差に気づかなかったのだろう。

キッチンカーから降りると低いのですよ……身長の高い常連さん、羨ましいことです。

「わっ！　すみません！　えっと、お弁当屋さん、どうかしましたか？」

「お釣りです。三百円、受け取り忘れていたそうですよ」

「あっ、そうだった！　うわぁー、恥ずかしいな」

「はい。どうぞお確かめください」

わたしは小銭を常連さんに渡す。すぐに頭を下げて戻ろうとすると、常連さんに呼び止められた。

「七和さん！　あのっ、お礼をさせてください！」

「え？」

なんでわたしの名前を？　って思ったけど、エプロンに名札が付いているからか。常連さんなら毎日のように見ているだろうし、覚えてしまったのかな。

そんなことを考えつつ、「お礼をされるほどのことではないので」と笑うと、常連さんは所在なさげに手を動かして、眉を下げて口をモゴモゴさせる。

はて、どうしたのやら。

「俺、暁炎路《あかつきえんじ》っていいます！　七和さん、その……」

常連さんは胸ポケットから『暁　炎路』と書かれた社員証を出して見せてくれた。明るい彼に似合いの名前だ。まさに燃える熱血青年という印象を受ける。

そんな暁さんは顔を赤くして、わたしの手を握りしめてきた。

信号が赤から青に変わり、信号を渡る人たちがチラチラと見る。

恥ずかしいから手を離してほしい……しかし、お客さん相手に「離せ」とは言いづらい。

まるで告白でもするのかという雰囲気で、紛らわしいことはご遠慮願いたいところなのだけど。

「あの、わたし――」

わたしが「仕事に戻りますね」と言って切り上げようと口を開いた瞬間、暁さんの体が眩《まぶ》しい光に包まれた。思わず目を瞑《つむ》ると、ぐにゃりと地面がなくなったような感覚がして、貧血でも起こしたかと焦る。

ぐらぐらとした感覚が収まって目を開けると——そこは、さっきまでの街ではなくなっていた。外国映画で見るような、天井の高いダンスホール。壁は金色をはじめとした色彩豊かな装飾で彩られ、頭上には眩《まぶ》しいシャンデリアが輝いている。

そして周りにはどう見ても西洋系の顔立ちの人々が、中世の貴族のようなドレスやタキシードを着て立っていた。しかし、髪の毛はピンクだったり青だったりとつっこみどころが多い。

あのビルの建ち並ぶ街並みはどこへ消えてしまったのだろう？

ぽかーん、と口を開けていたわたしは、ハッと我に返り、握られたままだった暁さんの手を振り払う。暁さんも気づいたらしく、申し訳なさそうな顔をした。

「よくぞ参られた！　勇者殿！　……と、お付きの者か？」

気まずい空気のわたしたちにいきなりそう話しかけてきたのは、トランプのキングをそのまま現実にしたような、いかにも王様っぽい服装に王冠を被った中年外国人だった。

暁さんをにやにやと嬉しそうに見つめたあと、わたしに訝《いぶか》しげな目を向ける。

なんだろう？　値踏みされているような嫌な感じでムッとしてしまう。

「ゆ、勇者……？」

暁さんもようやく頭が回りはじめたのか、周りを見回してギョッとした表情をしている。

いや、まぁ、それよりもだ。

暁さんが勇者なら、わたしがお付きの者ってこと？

状況の掴めないわたしと暁さんに、トランプの王様の横にいた学者帽を被った老人が偉そうに説明してくれた。実際学者だというのだから、見た目通りである。ちなみにトランプのキングみたいな中年外国人は、やっぱり王様で間違いなかったらしい。

この世界はテスアロウという名前の世界で、地球ではない……らしい。

今いるこの国はニルヴァーナ。勇者召喚ができる唯一の国だと、学者の老人は誇らしげに言っていた。

でも、わたしは失笑してしまう。

勇者召喚というのは、異世界からこの世界へ、魔王を退治できる人を呼び出す儀式だというけれど、こちらは一般人。戦闘のエキスパートでもなければ、特別体を鍛えているわけでもないお弁当屋さんとサラリーマンだ。

「あの、俺も七和さんも、凄い力とかはないのですが……」

暁さんも同じ意見のようだ。

「召喚する人を間違えています。わたしたちは、どこにでもいる一般人ですよ？」

まぁ、わたしが間違いで召喚されたのは、わかっている。さっきから視線が「厄介者め」と言わんばかりに突き刺さっているからね。

「勇者というのは、伝説の武具の使い手が選ばれるのだ。本人の能力は関係ない」

王様はギロリとわたしを睨みつける。口を挟むなと言いたいのだろう。

彼らが召喚したかったのは暁さんで、わたしは暁さんに手を握られていたせいで巻き込まれただけ。初めからお呼びじゃないのはわかっている。

しかし、ここで押し黙る訳にはいかない。

「すみません！　わたしは仕事があるので、すぐにでも帰してください！」

バッと手を上げたわたしに、暁さんもハッとして「俺も昼休みを過ぎると困る！」と声をあげる。

「いやいや、困りますなぁ。勇者殿には魔王を倒していただかなくては」

抗議するわたしたちを見て、王様が口端に笑みを浮かべる。わたしたちは不気味なものを感じて一歩下がった。

突然王様がバッと手を広げ、周りの人々が一斉に膝をつく。

「この通り、国民たちも勇者殿を待っていたのだ！　勇者ともあろう者が、苦しんでいる民を見捨てるなど、あってはならんことだろう？」

いやいや、そんなのわたしたちの知ったことではない。異世界人のわたしたちにとって見ず知らずのこの世界を、何故救わねばならないのか。

最近の若者は「ノー」と言えるのですよ！

「わかりました」

って、おいっ！　暁さん!?

わたしが暁さんを見上げると、彼は少し困った顔で笑う。そして決意したように握り拳を作りながら王様に言った。

「ただし、魔王を倒したらちゃんと、俺たちを元の世界へ戻してください！」

「ちょっ……暁さんっ！」

なんで「言ってやりましたよ！」って得意げな顔をしているわけ？　わたしたちには関係ない世界の話だし、救うにしても、もっとキチンと交渉をすべきじゃないの!?

というか、巻き込まれただけなのだからわたしだけでも先に帰してくれないだろうか？

半目で睨むわたしを無視し、王様は暁さんの条件を呑んだ。

元の世界には戻す……ただし、『魔王を倒すこと』が絶対条件。

暁さんは、わたしにこの国で待つように言った。

「俺が魔王退治を終えるまでの間、七和さんをこの国で無事に生活させると約束してほしい」

「条件はそれだけですかな？」

暁さんは頷き、王様は約束を書類にした。

結局、わたしの意見はなに一つ聞かれることなく話は終わったのだった。

この世界に来た時点で、元の世界とは時間が切り離されているらしい。

元の世界へ戻る時は、来た時と同じ時間に戻される……つまりこの世界で過ごした分だけ年を取って帰ることになる。だから早く魔王を倒さないと、元の世界に戻った時に年寄りになっているかもしれない。

複雑ではあるけれど、それを聞いて、わたしは少しだけホッとする。

お店を少し出ただけのわたしと、休み時間にお弁当を買いに出ただけの暁さん。元の世界に帰った時、あれから何年も経っていました……となったら大変だからだ。行方不明事件として捜索されていそうだし、無事に帰れても社会復帰は難しいだろう。

暁さんは王様に勇者の武具を渡され、全身真っ白の鎧《よろい》を装備した。更に白い柄《つか》の大剣に、白いマント……とても重そうなのに、暁さんは「軽い」と言っていた。

その伝説の武具は、どうやら勇者の筋力や魔力などを色々と強化してくれるらしい。

わたし？　わたしは、お付きの者だからね……木綿のシャツにロングスカートという地味な服。ドレスとか着せられたらどうしよー！　って、一瞬でも期待したわたしが馬鹿だった。

この世界、オマケに厳しくない!?　こっちは巻き添えくった被害者なんですけど！　と、訴えたいところだ。


次の日、勇者様ご一行の出発を祝した宴《うたげ》が開かれた。

暁さんはドレスの群れに襲われ、なかなかのハーレム状態。「勇者殿には期待しています！」とかなんとか言われてチヤホヤされまくっている。

わたしは給仕のお仕事をしながらそれを見ていた。

ハハハ……わたしは勇者様のオマケなので宴《うたげ》を楽しむ資格などなく、『穀潰《ごくつぶ》しにならないように働け』ということらしい。

わたしがこんな目に遭っていても、暁さんは申し訳なさそうな顔をするだけで、助けてくれない。暁さんは絶対、結婚して妻が自分の母親に苛《いじ》められても助けない夫になるタイプだ。こういう男性とは結婚したくない。

まぁ、暁さんの恩恵で城下町に家を貸してもらえることになり、仕事まで紹介してもらったのだから、文句ばかりではない。それもわたしの希望で働き先はお料理屋さんだ。

もちろん、この宴《うたげ》の給仕もお給金が出ている。

とはいえ日本円にして五千円……一日働いてこの金額である。王宮の給仕なのにケチ臭い。働かせてもらえることになったお料理屋さんですら一日五時間勤務で五千円なのに、一日中働かせておいて五千円は安すぎる。

他の給仕さんにも聞いたけれど、「王宮はそんなものよ。噂の勇者様を見てみたいから引き受けたけど、普通の貴族の宴《うたげ》のほうがお給金は良いわ」とのことだ。

ちなみに、ここのお金の単位はシグル。

パンは一つで百シグルくらいだから、一円が一シグルという感じで物価も元の世界と変わらない。

小銭は百シグル硬貨が指の爪ほど大きさの黒いもので、千シグルは銀色の少し大きめの硬貨になる。覚えやすくて大変助かる。

硬貨は百万シグル硬貨まであるらしいけど、金色のものとしか説明されず、見せてさえもらえなかった。ケチ臭い王宮である。

「勇者様ぁ～　無事にお帰りになったら、是非、一番初めにダンスを踊る栄誉をくださいませ」

おやおや、暁さん。美女に囲まれていますねぇ。何故かわたしに助けを求めるような目をしているけれど、給仕のわたしが助けたりしたら、あとが怖い。

暁さんは二十四歳だと言うし、危険な旅の前にいい思いをすればいいのではないかな？

ちなみにわたしは十八歳。調理専門の高等学校を卒業したばかりで、三年間は『箱弁小町』で修業して実務経験を積もうとしていたところだ。お金を貯めてキッチンカーを購入し、自分のお弁当屋さんを開くのが将来の夢だったりする。

自分の夢のためにも、この世界の料理を勉強して、盗める技は盗んで帰りたい。

どうせ暁さんが魔王を退治するまで帰れないのならば、いっそポジティブに楽しみたいところだ。

「アカツキ。我々と魔王を倒し、世界に平和をもたらそうじゃないか！」

暁さんと一緒に魔王退治に行く人たちも挨拶に来ているようで、暁さんは眉を下げて笑いながら、受け答えしている。この国の騎士団長や近隣の国の魔術師など、凄腕揃いという話だけれど、わたしには関係ない人たちだ。

しかし、この宴《うたげ》……ずいぶん長時間続くけれど、貴族って暇なの？　家に帰りなさいよ……

「はぁー……疲れたー……」

わたしはようやく暇を見つけて、バルコニーへ出る。

「お疲れ様。七和さん、大変そうだったね」

「……お仕事、ですから」

大変だと思うなら、少しは助けろ！　と、思ってしまうけれど、魔王退治という訳のわからない使命を押し付けられている人だ。ここは、わたしが大人にならなきゃいけない。

「あのさ、こんなことに巻き込んで、申し訳なく思っているんだ。それでなんだけど……魔王退治が終わったらさ、お詫びに元の世界で、食事でもどうかな？」

「……まぁ、食事ぐらいなら」

「やった！　俺、絶対すぐに魔王を退治して、七和さんを連れて帰るから！」

なんだかこの人、犬みたい。わたしの頭の中に、ゴールデン・レトリーバーが元気に駆けていくイメージが浮かぶ。思わずクスッと笑うと、暁さんも照れたように鼻を擦《こす》ってから、笑った。

次の日、暁さんは馬車に揺られて旅立っていった。

訓練もなにもしていないのに、勇者の武具だけを頼りに旅に出るとは……命知らずだな。

そう思っていたけれど、わたしの予想とは裏腹に、一ヶ月もすると暁さんは勇者として名声を高め、気づけば『勇者アカツキ』の名前はニルヴァーナ国中に轟《とどろ》いていた。

第二章　獣人のお客様

暁さんが勇者として旅立って、二ヶ月ほど過ぎた頃だった。

その日は仕事が昼過ぎからだったので、わたしは貸家でのんびりと過ごしていた。

城下町のお城に近い家で、一人で暮らすには広く、キッチンとバストイレ完備の一戸建て。

赤い屋根に白い壁、狭いながらも庭付き。家の中はリビングにベッドルームが二つと書斎もある。ただ、わたしはまだこの国の文字が読めないので、書斎にある本は一切読めない。だから、書斎があっても意味をなさない。

オマケにしては、相当良い家を貸してもらえたものだと思う。家賃がいくらなのか気になったけれど、聞いていないし請求もされたことがない。暁さんが王様に言って用意させたのだから、無償なのかな？　と、勝手に思っている。

わたしはキッチンで自分用のお昼ご飯を作る。

この世界で暮らすようになってから気づいたのだけど、困ったことに料理が不味《まず》い。ニルヴァーナ国だけなのか、この世界全体がそうなのかはわからないけれど……

素材はとても良いの。新鮮そのもの。

しかも、調味料や食材は異世界なのに地球のものとあまり変わらない。

それなのに、食材を乾燥させて、粉にしてから練り合わせるという……素材の新鮮さを台無しにする料理法がほとんどなので粉っぽいものが多い。なんでも、この国ニルヴァーナの伝統的な食べ方なのだとか……ニルヴァーナの王都付近は特にそういった料理を扱う飲食店が多い。

よってわたしは外食をほぼしない。自分で新鮮な食材を買って作る料理が一番美味しいという結論に達したのだ。

そんな訳で、わたしは自炊をしている。

今日のお昼ご飯は、『キノコと白身魚のバター蒸し』である。

材料は、キノコと白身魚、コショウ、玉ねぎ、ニンジン、バター、お酒。

作り方は簡単。キノコを食べやすい大きさに切って、玉ねぎは薄くスライス。ニンジンも細切りにして小指の長さくらいに切る。

フライパンに白身魚を置いて、コショウを振る。そこに切った具材を載せていき、一番上にバター、そして周りにお酒を流し込んで、蓋《ふた》をして六分ほど弱火にかける。火を消したあとは蓋《ふた》をしたまま、五分ほど放置すればしっかり蒸しあがる。

「はぁー……バターの香りがたまらない。これでお米があれば……最高なのにぃ」

残念ながらお米は見たことがない。日本人には厳しい世界である。

お皿に盛りつけて、作り置きのマッシュポテトをお皿に移せばお昼ご飯の完成。

「いただきまーす！」

キッチンの椅子に座って、作業台の上で食べはじめる。

「バターとお酒の風味が……んーっ、美味しい」

白身魚のホックリした感触が舌に心地良い。この国の素材は良いものが多くて、ニンジンは香り高く、玉ねぎも甘味があるし、キノコの匂いも食欲をそそる。

食べ終わったわたしは、いつものように白い綿のシャツに茶色いロングスカートに着替え、エプロンをつける。そして準備を済ませて家を出た。

石畳《いしだたみ》の道をコツコツと音を立てて歩きながら、お店へ向かう。

この城下町では、貴族や裕福な人たちの生活区域は石畳《いしだたみ》で舗装されていて、余り整備されていない砂利道が、庶民の生活区域とされている。

お店はわたしの家と同じ赤い屋根で、壁も白い。この国はお城以外、こうした外観の建物が主なようだ。

中に入ると板張りの床に、木のテーブルと椅子が置かれている。収容人数はざっと三十人ほどだろう。

「お疲れ様ですー」

わたしはお店のマスターに声をかけ、続いてマスターの奥さんにも挨拶した。

ここはマスターのご夫婦だけで回している店で、満席になることがほぼない。

「今日も頑張りなよ。オマケ」

「はぁーい」

オマケとは、私の通り名のようなものだ。

勇者様のオマケという、馬鹿にされているような呼び名だけど、快進撃を続ける暁さんのオマケなので、周りの人たちは、それなりに優しい。

日南子という名前が発音しづらいだけかもしれないけれどね。

カランッとお店のベルが鳴り、わたしは声を上げて、来客を迎える。

「いらっしゃいませー」

入ってきたのは、深緑の軍服のような詰襟《つめえり》を着た男性だった。

そのお客さんを見て、店内に居た数名のお客さんもわたしもポカンと口を開ける。

男性は腰の辺りまである銀色の長い髪をしていて、背丈は暁さんよりも高い……百八十センチはありそうだ。

目鼻立ちの整った人で、凛《りん》とした雰囲気がある。こういう人を『息を呑むような美しい人』と、表現するのだろうか？　切れ長の目はアイスブルーの光を湛《たた》え、この男性客の雰囲気そのものだと思った。

しかし、その人の特異な点はそれだけではない。

頭の上に銀色の三角耳、そして上下にゆっくりと揺れる尻尾があった。

この世界には様々な人種がいると聞いていたけれど、獣人族は初めて見た。

本物の獣耳《けものみみ》……見上げて、首がゴキッと鳴ったことで、わたしは正気に戻る。

「お、お席にご案内しますね！」

いけない、いけない。お仕事を放棄《ほうき》して、お客さんに見入っている場合じゃなかった。

お客さんを案内して、メニュー表を指し示す。

「ご注文がお決まりになりましたら、お呼びください」

わたしが頭を下げて立ち去ろうとすると、その人と目が合った。

整い過ぎた顔はどこか冷たい印象なのに、彼は口元に笑みを浮かべて、嬉しさをどう表現すればわからないとでも言うように表情を崩していた。眉を下げながら、目と口は喜びを隠しきれないといった雰囲気だ。

パタタタタと、尻尾が勢いよく揺れている。

「貴女の、おススメはありますか？」

メニューには目もくれず、わたしの顔を見て彼は問う。

「そうですね。ガレットはいかがですか？　薄く伸ばした生地にマッシュポテトとベーコン、卵を載せて焼いた料理です。上から粉チーズをかけて食べると美味しいですよ」

このお店で唯一まともなメニューといえば、これだろう。

マッシュポテトは粉状に乾燥させた芋を練り直したものだけれど、これは比較的マシな代物だ。

「では、それをお願いします」

「はい。では、少々お待ちくださいね」

マスターに注文を伝え、わたしはコップに水を注いで再びテーブルに戻る。

「お冷やをお持ちしました」

「あの失礼ですが、貴女はこのお店の娘さんでしょうか？」

「いいえ。ただの店員です」

「そうですか。深い意味はないのです。ただ、黒髪に黒目はとても珍しいので……」

まぁ、確かにピンクや緑などカラフルな髪の人が多い世界で、黒髪で黒目は珍しい。わたしに言わせてもらえれば、銀髪のほうが珍しいと思うけれど。

「そりゃ、オマケはあの勇者アカツキと同郷だからね。異世界人特有の色なんだよ」

「オマケ？　勇者アカツキ……？」

わたしたちの会話にマスターの奥さんが割り込んできて、彼は少し驚いたような顔でわたしを見た。

「この子ったら、勇者召喚でアカツキに付いてきちゃったんだよ。だからオマケって呼ばれているのさ」

いや、奥さん違いますってば……っ！　それじゃ、わたしが暁さんに無理やりついてきたみたいじゃない？　お客さんの前じゃなきゃ訂正していたところだけど、まぁ話の腰を折るのは申し訳ないから黙っておく。

「では、貴女はこの世界の人ではないのですか……？」

わたしがコクリと頷いたところで、「オマケ！　ガレットあがったぞ！」というマスターの声が響いたので、取りに向かう。

厨房でガレットのお皿を受け取ると、スープとフォーク、スプーン、ナイフと共にトレイに載せ、テーブルへ運ぶ。

すでに奥さんは別のお客さんと話をしていて、男性はジッとわたしを見つめていた。

「お待たせいたしました。ガレットをお持ちしました。粉チーズと、伝票を置いておきますね」

テーブルに料理を載せると、彼はやはりわたしのほうを見つめてこう言った。

「私は、グーエン・テラスと言います。セスタ国のイグラシアという町で、陸地の警備隊長をしています。貴女の名前を伺ってもよろしいでしょうか？　オマケが名前ではないでしょう？」

わたしは目をパチパチと瞬《またた》かせる。

オマケという通り名を揶揄《からか》わずに、本名を聞いてくれた彼に少しだけ好感を持った。

「七和日南子です。あっ、この世界だと名前が先だから、ヒナコ・ナナワになります」

「……ヒナコ。ヒナと、お呼びしても良いですか？」

そう尋ねる彼の尻尾はブンブンと勢いよく揺れていて、顔は期待に満ちた表情をしている。

はて？　そんなに好かれるような要素がどこかにあっただろうか？

「ええ。どうぞ。ふふっ、でもわたしヒナって、呼ばれたのは初めてですよ。そういう愛称で呼ばれたことなんてなかったから、新鮮です」

「それは光栄です。……ヒナ。料理を持ってきてくださって、ありがとうございます」

「お仕事ですから、気にしないでください。グーエンさん」

「グーエンと、呼び捨てで結構ですよ」

「はい。では……グーエン。ゆっくりしていってくださいね」

わたしは人懐っこい笑みを浮かべるグーエンに、また好感度を上げていた。

料理を持っていくのは仕事だから当然だけど、それでも「ありがとう」の一言は心がホクホクと温かくなるし、嬉しいものなのだ。

グーエンは食事が終わると、すぐに店から出ていった。

けれど、仕事を終えたわたしがお店を出ると、店の裏口前にグーエンが立っていた。

「えっと、グーエン？　お店に忘れ物でもしましたか？」

「いえ、ヒナが夜道を一人で歩くと思ったら不安になってしまって……嫌でなければ、送らせてもらえませんか？」

その言葉に、わたしは考え込んでしまう。

厚意は嬉しいものの、わたしは一人暮らしだし、お客さんといえど知らない人だから、警戒したほうがいいと思うんだよね。

「あの、すぐそこなので大丈夫、です……」

手を握りしめて身構えてしまったわたしに、グーエンは申し訳なさそうな顔をした。

「そうですか。怖がらせてしまったようですね。他意はない、と言いたいところですが、ヒナが少し辛そうに見えたので……」

辛い？　わたしは辛そうに見えただろうか？

首を傾げると、グーエンはわたしの頭を大きな手でゆっくりと撫《な》でた。

「オマケなどと言われて、傷つかない人はいないでしょう？」

「あ……うん、そうですね」

まさかそのことを気にして、ずっとここで待っていてくれたのだろうか？

だとしたら、お人好しが過ぎる。でも、それを嬉しいと思ったのは、人の優しさに飢えていたからかもしれない。

勇者様のオマケと言われる度に、自分が価値のない人間だと言われている気がした。初めて会ったグーエンにもわかってしまうぐらい、わたしは傷ついていたみたいだ。

パタタ……と、目から溢れた涙が地面に吸い込まれていく。

グーエンがゴソゴソとポケットを探り、ハンカチを取り出してわたしに差し出した。わたしはそれを受け取ると、顔に押し当てる。

「ヒナ……あまり他国のことを悪く言いたくはないのですが、ニルヴァーナ国はあまり良い国ではありません。私の住んでいるセスタ国ならば、ヒナを保護してあげられます。今日、会ったばかりですが、私と一緒にセスタに来ませんか？」

ありがたい申し出だけれど、わたしは左右に首を振り、鼻をすすって答える。

「大丈夫だよ。暁さんが魔王を倒したら、わたしを元の世界に連れて帰ってくれるから」

「ヒナは、元の世界へ、帰ってしまうのですか？」

「うん。わたしはそれまで、ここで暁さんの帰りを待つの」

涙を拭いて見上げたグーエンは、左胸を押さえて泣きそうな顔をしていた。

「グーエン？　胸、痛いの？　誰か人を呼んだほうがいい？」

「いいえ、大丈夫です。……そうですか。でも、ヒナが帰る場所があるのならば、帰ったほうが良いですよね……」

その声は心なしか元気がなくて、耳も段々下がり気味になってしまった。

「グーエン……あの、わたしのことを気にしてくれて、ありがとう」

「いいえ。ヒナ、貴女に会えて本当に、良かったです。私はあまりこの国へ来ることはできませんが、勇者アカツキが、ヒナを連れ帰ってしまうまで、会いに来ても良いですか？」

ううっ、美形の整った顔に縋《すが》るような目で見られて、心臓がドキッと跳ねる。

ひぇぇ～っ、捨てられた子犬みたいな顔しないでー！

「ハンカチ、洗って返すので。次に会う時までこれを持っていてください」

わたしは自分のポケットに入れていたハンカチを取り出し、グーエンに押しつける。

これで交換というか……もしグーエンが来られなくとも、ハンカチを渡したのだからお互いに損はないはずだ。そして、次に会う約束を取り付けたようなものだし、いいかな？

グーエンはハンカチを嬉しそうに受け取って、尻尾を振っていた。

「あの、見送りは大丈夫なので！　本当にすぐそこだから！」

わたしはなんだか気恥ずかしくなって、自分の家を指さし駆けだす。

「ヒナ！　おやすみなさい。良い夢を！」

「グーエンも！　おやすみなさい！」

わたしは後ろを振り返って手を振ると、グーエンは首を少しだけ横に傾けて、微笑みながら見送っていた。


それから二ヶ月ほど経って、もうグーエンは来ないのだろうと思いはじめた時、グーエンは再びお店にやってきた。

わたしがハンカチを返すと、グーエンは忘れてしまったと言い、代わりに水色のリボンをくれた。

別にハンカチの一枚ぐらいなくても平気だったから、ハンカチはグーエンにあげると言ったら、返したハンカチを代わりにと贈られた。

グーエンはそれから二ヶ月ほどしてまた顔を出し、有給休暇を使い果たしたから当分は来られないと、しょげていた。

「もし、ヒナになにかあったら、私を頼ってください。必ず助けに来ますから」

「ふふっ！　ありがとう。グーエンもお仕事、頑張ってね」

わたしたちは会う回数こそ少ないけれど、会えば心が安らいだ。

今月は来るだろうか？　と、心待ちにするぐらい、わたしはグーエンが来るのを楽しみにしていた。

わたしを『オマケ』と呼ばない数少ない人だったし、なにより、美形は目の保養である。


そして季節が巡り、この世界に来て一年が経った頃だった。

魔王が倒されたという一報が入り、ニルヴァーナ国はお祝いムードに浮足立っていた。

わたしももちろん、やっと元の世界に帰れるとホッとする。

気がかりなことは、折角親しくなったグーエンにもう会えないこと。せめて、帰る前にグーエンに一言、今までわたしの心を支えてくれたのは、グーエンだったよ。と、お礼を言いたかった。

勇者一行がニルヴァーナ国に帰還した日、城下町では凱旋《がいせん》パレードが行なわれ、町の人々は歓声を上げ、馬車に乗った勇者たちに花を投げて喜びを表していた。

その人混みの中、わたしは暁さんを探した。

どこに居るんだろう？　勇者なのだから、先頭にいてもいいはずなのに見当たらない。

しびれを切らして、勇者軍の兵士に声をかける。

「暁さんはどこに？」

「勇者様なら、魔王を倒したと同時に光に包まれて、元の世界へ帰っていったよ！」

笑顔で答える兵士に、わたしは「はぁっ!?」と素《す》っ頓狂《とんきょう》な声をあげたのだった。

第三章　取り残されて売られたわたし

ほぼ一年ぶりに訪れた城門の前には、女性たちが数多く列をなしていた。中には赤ん坊を連れた女性や、妊婦までいる。

理由は、勇者である暁さんに与えられるはずだった報酬が三億シグルほどあり、暁さん本人がいないために、「私は勇者様の一夜の恋人です」「この子は勇者様の子供です」「このお腹には旅先で出会った勇者様との子供が！」と……多くの女性が勇者様の身内ですアピールをしているからだ。

そんな人々のおかげで、わたしが「暁さんと一緒にこの世界にきた者です！」と言っても門前払いを食らって、ほかの女性たちと同じように審査待ちなのだ。

本当に勇者と関係があったのかを精査するために、一人一人事情聴取を受け……ものすごく時間がかかった！

そしてわたしはようやく、王様のところにいた学者に会うことができた。

「どういうことですか！　魔王を倒せば二人とも、一緒に帰すって言ったじゃないですか！」

「それに関しては、勇者召喚は数百年ぶりのことゆえ、我々にもわからないことが多いのだ」

「帰る……方法は、ありますよね？　だって、暁さんに約束したじゃないですか！」

学者の老人に詰め寄ると、学者は煩《わずら》わしそうな顔をして首を振る。

「帰る方法など、知るわけがなかろう！　勇者殿を説得して、この国に留まってもらう算段だったのだ。まさか魔王を退治した瞬間、勇者殿が帰還するとは……これでは、お前を質にとってここに置いた意味がないではないか！」

「どういうことよ！　わたしを家に帰してよ！　嘘つきっ！　初めから帰す気なんてなかったんじゃない！」

学者の服を掴んで揺さぶると、学者はわたしを払いのけ、そして言い放った。

「ああまったく、うるさい！　この娘を牢屋にでも入れておけ！」

「ちょっ！　ふざけないでよ！　離して！　このっ、嘘つき学者！」

暴れるわたしをお城の兵士たちが拘束する。

わたしは学者に罵詈雑言《ばりぞうごん》を吐きながら、引きずられるようにしてお城の地下牢に入れられたのだった。

薄暗くてジメジメした牢屋の中でわたしは泣き喚く。

これが喚かずにいられようか？　しかし、泣いても喚いても、誰もわたしを地下牢から出してくれない。

二週間ほどそこにいただろうか。わたしは突然牢から出され、お風呂と着替えをさせられた。

簡素な寝間着のようなワンピースを着せられ、手は後ろ手に縛《しば》られた。

なんだこれ⁉　罪人のような扱いに、わたしの怒りは爆発寸前だ。

わたしが連れてこられたのは港で、大きなキャラック船の前に学者が立っていた。

「ちょっと！　これはどういうことなのよ！　元の世界に帰れないなら、せめてわたしの家に帰らせて！」

「なにを言っている。あれは元々、勇者殿の恩恵として与えられていたものだ。書類にも『魔王を退治するまで』と、書かれている。魔王が退治されてからも住もうなど、図々しいのではないか？」

「なっ……」

そういえば、暁さんは確かに『魔王退治が終えるまで』と、言っていた気がする。

ああっ！　だからあの時、もっとじっくり話し合って条件とか決めてほしかったのに！　わたしの意見なんて聞かずに話を決めるから……どこまでわたしに迷惑をかけるつもりなのよ、あの勇者は……！　泣きたい。

唇を噛んだわたしを学者はフンッと鼻で笑った。

「お前の持ち物は全て、ニルヴァーナ国の国費で賄《まかな》われていたのだ。当然、全て没収させてもらう。家賃も払っていなかったのだから、文句はないだろう」

「はぁ⁉　家はともかく、お給金やここに来た時の服はわたしのものですけど⁉」

家は手配してもらったものだし、服や生活必需品も諦めはつく。でも、ここに来た時に着ていた服やお給金は別ではないだろうか？　それに、お金は元の世界に帰った時に換金できるように、銀に換えていたのだ。

「お前の物はこの国の物だ。今までお前に貸し与えていた家の代金がいくらかかったと思っておる？　お前の持ち物や給金から差し引いても到底足りぬわ！」

「そんな……っ！」

でも、確かに城下町の中でも身分の高い人が住む地区だったから、家賃は高かっただろう。それに、お風呂がある家は珍しく、一般市民は一週間に一度『風呂屋』と呼ばれる店に盥《たらい》を持っていってお湯を買うくらいだ。毎日お風呂に入っていたわたしは、かなり贅沢な暮らしだったのかも……

「そもそも、呼んでもいないお前にここまで良くしてやったというのに、なんという態度なのか！」

「なっ……！」

わたしだって、来たくて来たんじゃない。

巻き込まれた被害者なのに、ずいぶんな言いようだ。

でも、わたしは言い返す言葉をなかなか見つけられず、口を開いても罵詈雑言《ばりぞうごん》しか出そうになかった。

「しかしだ。お前を買い取りたいと言ってきた者がいてな。喜べ！　お前はデニアス卿に引き取られることになった！」

「何それ……？　買い取りたいってなに？　わたしを、人をなんだと思っているのよ！」

「異世界人のお前が暮らしていけるところなどない！　まぁ、自由になりたいならお前が二千万シグルを返すことだな！　これはお前が『商品』である証だ」

そう言って学者はわたしの首にチョーカーのような黒い首輪を付けた。

「この女を船に連れていけ！」

兵士二人に引きずられるようにして船に乗せられ、わたしは叫んだ。

「クソジジイ！　ハゲてモゲろー！」

我ながら、なんとも情けない最後の叫びだった。

船の倉庫のような部屋に閉じ込められて、わたしはニルヴァーナ国を出航したのだった。


船に揺られること二日目、食事は一日二回。

船の倉庫から脱出したところで、ここは海のど真ん中だ。

それでもどうにか逃げられないものかと、ジタバタしてしまう。

後ろ手に縛《しば》られていた手を自由にしてくれたのも、海の上では逃げようがないからと、船の中で縛《しば》られていたら、ゴロンゴロン転がって危ないからだろう。

扉は鉄格子付き。初日に体当たりしたら鼻血を噴《ふ》いて目を回したので、力ずくで脱出するのは無理そうだ。体当たりで鼻血が出るなんて、嫌な体験をしてしまった。

この船旅は七日間だという。

すでに二日が過ぎたから、わたしに残された時間はあと五日しかない。

食事を運んでくれる船員に聞いたところ、わたしを買ったデニアス卿という人は、珍しい人種を集めてコレクションしていることで有名らしい。そして飽きると剥製《はくせい》にして鳥籠《とりかご》のような檻《おり》に飾るのだという。

わたしの人生詰んだ！　誰か助けてぇぇぇ！　と、騒いだところで助けなど来ない。ギロチンを待つ囚人のような心境だ。

そしてなによりわたしの心を削ったのは食事だった。この二日間出たのは同じ献立。硬い石のようなパンに粉っぽいスープ。

死刑囚だって処刑の前は好きなものを食べさせてもらえると聞いたことがあるけれど……せめて粉っぽくないスープが欲しい。

「はぁ……こんなことなら、グーエンにニルヴァーナは良くない国だって言われた時に、もっとよく考えておくんだった……」

でも、考えたところで、あの時のわたしはニルヴァーナ国から逃げはしなかっただろう。元の世界に帰れると、信じていたから……

グーエンからもらった、水色のリボン。髪に結んでいて没収されなかったこれだけが、わたしの唯一の持ち物かもしれない。

「グーエン……元気に、しているかなぁ……」

この世界で見知らぬわたしに、優しくしてくれた不思議な人。

そういえば、グーエンはなんの獣人だったのだろう？　耳や尻尾は犬か狐のような感じだった。わたしが困ったら、助けてくれると言っていたっけ。今、すごくピンチなのだけど、助けに来てくれたりしないかな……？

「まぁ、無理かぁ」

落ち込んで部屋の隅に座り込んでいたら、扉が開いた。

「チビ助、飯だぞ」

パンとスープの入った木のカップを持って現れたのは、褐色の肌に黄色の髪、赤紫色の目をした青年。この船の船員で、毎回食事を運んでくれるお兄さんだ。

わたしにデニアス卿の話をしてくれたのもこの人だった。

差し出されたメニューに、またこれか……と、うなだれる。

お兄さんはパンとスープをわたしに持たせ、ズボンをゴソゴソと漁《あさ》る。なんだろうと思っていると、直径四センチほどの小さなリンゴをくれた。

「ほら。シケた面してないで、ちゃんと食えよ？」

「……ありがとう。お兄さんは、優しいよねぇ……」

「故郷にお前ぐらいの歳の妹がいるからな。……可哀想だとは思うけど、オレにはどうしようもない。だから、そんな縋《すが》るような目で見るなよ」

なんだかんだ言いつつも、このお兄さんはわたしに絆《ほだ》されてきていると思う。

「お兄さん、ここからコッソリ逃がしてくれない？」

「できるわけないだろ？　それに、お前のソレは『商品』の証だからな。そんなの付けているうちは、まともな職にもつけやしないし、どこ行っても人間扱いはしてもらえねえ。それなら貴族のところで少しでもいい暮らしをさせてもらうほうがいいんじゃないか？　もしかしたら剥製《はくせい》にするっていうのも、噂だけで、本当じゃないかもしれないんだしさ」

お兄さんは指で「ソレ」と、わたしの首のチョーカーを指し示し、ポケットからもう一つ小さいリンゴを取り出して齧《かじ》りつく。

「リンゴ……小さいね」

「仕方がないだろ？　バレないように、小さいのを選んできたんだ。見つかったらどやされるから、お前も早く食っとけ」

やっぱり、お兄さんは優しい。不味《まず》い食事にげんなりしていたので、ありがたい気遣いだ。

服の端で拭き、ツヤツヤになったリンゴをわたしもひと口齧《かじ》る。

少し酸味が強いけれど、リンゴの爽やかな風味が鼻の奥まで広がっていく。

「このチョーカー……どうしたら外せるか、お兄さんは知っている？」

「人を売買する事は法で禁止されているだろ？　人には普通『戸籍』があるから、戸籍のある人間を売買なんてしたらしょっぴかれちまう。だけどギャンブルで大損したり何かの理由で借金を背負ったりした時、売るものがない人間は、自分を売るしかない。そういう奴を奴隷として売買する為に、戸籍をなくして『商品』にするんだ。ソレは、戸籍のない人間って証拠。つまり、ソレを外したきゃ、戸籍を手に入れるんだよ。まあ、それができたら苦労はしないんだけどな」

「戸籍……」

法で禁止されているのに、人身売買のようなことができる仕組みがあること自体問題があると思う。

しかし、異世界から来た私にそもそも戸籍なんてあるのだろうか。この世界に来てから、戸籍の話なんて誰もしていなかったし、ニルヴァーナ国でもそんなものもらっていない気がする。

「自分が売られた金額で、自分を買い戻せば『商品』じゃなくなって、戸籍を取り戻せる」

「あの、初めから戸籍がない場合は？」

お兄さんは首を傾げる。

「あまり見たことはないが、まぁ孤児とかはない場合もあるからな。そういう場合は、身分を保証してくれる奴を見つけて、なんとかして戸籍を作るしかない。まぁ、お前が『商品』として売られたのなら、戸籍を作れても結局その金額分借金してるのと同じことだ。ソレが外れても借金は残ったまま。どこで働こうが返済に回されちまう」

身元保証人に、借金……

どうあがいても、二千万シグルの借金がわたしに付いてまわるということだ。

「お兄さんが、わたしの身元保証人になるとかは？」

「そりゃ無理だな」

アッサリ言われて、わたしは眉を下げる。

「どうしてですか！　わたし、ちゃんと自分の借金は働いて返しますよ？」

借金二千万、しかも一文なしではあるけど、コツコツ働けば返せない金額ではないはずだ。

「身元の保証人っていうのは、しっかりした職業じゃないといけないんだよ。船乗りの下っ端なんて、話にもならない。可哀想だけど、無理なものは無理だ」

「船乗りも立派な職業ですよ！　お兄さん」

「だーかーらー……っと！　ととっ！」

船が大きく揺れ、お兄さんとわたしは危うく転びそうになるのを、なんとか耐える。

その時、船からミシミシと危ない音を聞いたような気がした。

「何、今の音？」

「波でも出てきたか……？」

お兄さんは怪訝《けげん》な顔をして、目を閉じて耳を澄ます。

わたしは音を立てないように、残りのリンゴをもそもそとゆっくり齧《かじ》る。

しばらくすると、またミシミシと音がして、船が左右に大きく揺れた。

「きゃあっ！」

「っ！　大丈夫かチビ助！」

お兄さんがわたしを庇《かば》い、一緒に壁に叩きつけられた。

船は相変わらず揺れ動いて、船からはバキバキと聞こえちゃいけない音がしている。

「まさか、魔物……いや、そんなはずないよな……魔物除《よ》けがあるはずだし」

「魔物？」

「チビ助、鍵は開けといてやる。もし、魔物だったら船はヤバいから逃げろ！　でも、別だったらここに戻って大人しくしとけ！　わかったな!?」

それだけ言うと、お兄さんは急いで扉を開けて出ていった。

なんだかわからないけど、これはチャンス？

魔物という単語は不吉だけど、ここから出られるチャンスを逃すわけにはいかない。

わたしは倉庫から出て、廊下を歩く。けれど船は激しく揺れて、一歩進むのだけでも一苦労だった。ようやく階段を見つけて甲板に出ると、船が巨大な白いイカの足に絡みつかれていた。

「魔物除《よ》けの魔道具はどうした!?」

「ニルヴァーナ国で買ったヤツ全てが不良品です！　動きませんっ！」

そんな会話が飛び交う中、ボキボキと嫌な音を立てて、船の船尾がイカにへし折られた。

うわぁーっ!!　ヤバいよね？　これは沈没待ったなし？

さすがにこれは、お兄さんが逃げろって言うわけだわ。でも、そんなこと言ったって、どこに逃げればいいの？　この船の上でどう逃げろっていうの？　逃げ場なんてないじゃない……

「うわあぁぁぁーっ!!」

船の船員たちは悲鳴のような雄叫《おたけ》びを上げている。銛《もり》を手にイカに挑んだり、パニックになった船員が黒い玉を投げて甲板で爆発が起きたりと、阿鼻叫喚《あびきょうかん》の地獄絵図だ。

しかも反撃されたイカが怒ったのか、船の半分がイカの足にメキメキいわされてる！

「反対側から逃げるぞ！」

「皆、急いで逃げろ！」

救命用らしい小さな船を海に下ろし、船員たちが海へ身を投げていく。

しかし、もうその救命艇は定員オーバーで、無理やり乗り込もうとした船員と諍《いさか》いが起きていた。

「これ以上は無理だ！　転覆《てんぷく》する！」

「助けてくれ！　頼む！　乗せてくれ！」

「すまない！　許してくれ！」

救命艇に乗り込むのは諦め、他になにかないかとわたしは周囲を見渡す。

いざとなれば海に飛び込むしかない……でも、この高さから下りられるだろうか？

甲板から海を見下ろすと、マンションの二階か三階ぐらいの高さで、足がすくんで震えてしまう。

「無理……無理、無理、絶対無理！」

イカは怖いけど、飛び降りるのも怖い。

「チビ助！　大丈夫か⁉」

「あ……お兄さん」

お兄さんは木の樽《たる》を持ってわたしのところまでやってきてくれた。

「チビ助、この樽《たる》なら海に浮かぶはずだ。海に飛び込むぞ！」

「でも、こんな高い場所から下りるなんて……できないよ……」

「ここにいても、沈没して死んじまうだけだろうが！　中にリンゴとか入っているから、数日は生き延びられる！　生きて、オレは妹のところに帰る！　お前も一緒に生きるんだよ！」

震える足で船から下りようとした時、船がバキッと音を立て二つに割れた。

「ヤバい！　沈むぞ！」

お兄さんはわたしを海へ放り投げた。わたしが必死に海面に顔を出すと、お兄さんはわたしの近くに樽《たる》を投げ落とす。お兄さんも海に飛び込もうとした瞬間、船が渦《うず》を巻きながら沈みはじめ、わたしは引きずり込まれないように、必死で樽《たる》にしがみつくことしかできなかった。

塩辛い海水が口に入って、慌てて顔を上げる。

あれからどのくらい経ったのか定かではないけれど、少なくとも二時間以上は樽《たる》にしがみついたまま海上を漂っている。

周りには大破した船の破片が浮かび、船体は海の底へ沈んでしまった。

褐色の肌のお兄さんは、必死に探したけど見当たらなかった。

助かっていてほしい。でも、他人の心配ばかりをしている場合でもない。

気を抜けば樽《たる》から手が離れそうになり、寒さで意識が遠のいていく。

春とはいえ、水温はまだ低い。

今は陽が高いからなんとかなっているけれど、時間の問題だ。

海で長時間漂流する時に恐ろしいのは、海水の温度が下がるごとに生存率も下がるということだ。

低温になればなるほど息切れを起こし心拍数が乱れ、気を失いやすくなる。気を失っている間に海水を飲んでしまうと、塩分で喉が渇き脱水症状を起こす。

こうした知識は、毎年テレビなどで海難事故が報道されていたから、覚えてしまった。

まさか、自分の身に降りかかるとは思わなかったけど。

もう、いい加減疲れた……

こんなオマケに厳しい異世界で、どうやって生きていけばいいの？　助かっても、首のチョーカーがある限り、わたしは『商品』で、人間扱いはされない。

そんなことが頭をよぎり、わたしは頭を振る。

低体温になりかけて気力が落ちているみたい。

わたしには夢がある。だから、夢の為にも諦めちゃいけない。

わたしは将来、キッチンカーでお弁当を売るのが夢で、この世界にキッチンカーなんてないだろうけど、こんなところで諦めたくない！

波が穏やかな時を見計らって、樽《たる》の中からリンゴを一つ取り、海水が入り込む前に蓋《ふた》をする。

「いただきます！」

何日漂流するかわからないから、食料は無駄にできない。でも、喉の渇きを潤《うるお》し体温を上げるには、食べ物を口に入れることが一番だ。

カシュッと音を立ててリンゴに齧《かじ》りつくと、涙がぽろりと零れて海に吸い込まれていく。

「っ、なんで、わたし、こんなところにいるんだろう……ふっ、ぅ……」

帰りたい。

わたしは夢を叶える為に努力していて、毎日が楽しかった。

あの日、全てが壊されてしまった。

あの日、暁さんがお釣りを忘れなければ——

あの日、暁さんが私の手を掴まなければ——

あの日、暁さんが勇者召喚されなければ――

暁さんは帰れたのに、わたしは帰れない。

どうして、わたしを巻き込んだ暁さんが帰れて、巻き込まれたわたしが帰れないの？

暁さんの魔王討伐に、わたしも同行すればよかったの？

勇者でもない一般人《わたし》がついていく勇気は、あの時あっただろうか？

恨み言を言ったところで、どうしようもないこともわかっている。

あの時、わたしは自分には関係ない、責任は暁さんにあると、全ての責任を暁さんに押しつけて、安全な場所で日々を過ごすことを選んだ。

わたしは悪くない。勝手に召喚した王様たちが悪い。そう思うことで、わたしは目と耳を塞《ふさ》いでいた。

わたしにも、交渉の余地はあったはずだ。

王様や学者に多少の文句は言ったけれど、地位の高い人たちとキチンと交渉しなかったのはわたしだ。

ちゃんと行動していれば、売られることはなかったかもしれない。

小説や漫画の主人公のように、考えることや行動力があれば、結果は変わっていただろうか？

カシュカシュとリンゴを齧《かじ》りながら、嗚咽《おえつ》と共にリンゴを呑み込む。

海水の味とリンゴの味。べたつく髪に、海水でしわしわになった指先。海水の温度が下がりはじめ、足下から段々と肌寒くなっていく。

「もう、駄目かも……」

やはり、低体温のためか思考能力の低下は否めない。

リンゴを食べても体は小刻みに震えて、歯はカチカチと鳴りはじめていた。

「寒い……」

少しずつ波が高くなっているのか、海面が揺れはじめ、顔にザバンッと勢いよく海水がかかる。

海水が目に入り何度か瞬《まばた》きをしていると、波は段々高くなり、樽《たる》を握る手が波に煽《あお》られて離れそうになる。

必死でしがみつき、爪を立てた時、樽《たる》の木の破片が指先に刺さった。痛みに思わず手の力を緩めた時、大きな波が来て、樽《たる》はわたしの手を離れ、波にさらわれる。

そんな！　っと、思って追いかけようと泳いだら、体になにかが絡みついてきた。

体が大きく左右に振られて、海面から体が引き上げられる。

「なに……っ、嘘っ！」

船を沈没させた大きなイカが姿を現し、わたしはイカの足に捕らえられていた。

「なん……で？　やだ、死にたくない」

どうして？　なんでここにイカがいるの？

頭の中には「なんで？　どうして？」ばかりが渦巻《うず》いていた。

船を沈没させるような巨大なイカが、どうしてちっぽけなわたしを襲うのよ！

恐怖で硬直する体はイカに締めつけられ、くぐもった悲鳴があがる。

「うぐぅ……」

このままじゃ、絞め殺される。そう思っていたら、海中へ引きずり込まれた。

そして、海中で見てはいけないものを見た。それはイカの足の根元に円形に開く口、そこに尖《とが》る黒い歯だ。

噛み殺される！　おつまみのイカトンビは好きだけど、自分が食べられるのは嫌だ！　悲鳴を上げたくても水中では上がらず、口の中の空気がガボッと出ていった。

もう終わった！　と、覚悟を決めたその瞬間、体が大きく揺れた。

イカの三角の頭部分が、透明な刃物のようなもので綺麗に切られて、海中に黒い墨《すみ》が滲《にじ》み出て広がっていく。

イカが足を動かしたおかげで、わたしは再び海上へ出た。

「ゲホッ、おえっ、ゲホッ」

えずきながら周りを見ると、海面になにかが立っていた。

銀色の毛並みをした、大きな獣――あれは、狼だ。

狼が海に出るなんて、この世界、ファンタジー過ぎるでしょ……

ザブンッとまた海中に引きずり込まれ、今度こそもう駄目だと思ったら、狼が海中に潜ってわたしを捕らえているイカの足を噛みちぎった。

でも、イカの足は噛みちぎられてもまだ力を緩めず、わたしを締めあげる。

海中へ沈みながら上を見上げると、あの狼がわたしを追って潜ってきていた。

銀色の狼、目の色がアイスブルーだ。なんだかとても懐かしい気がする。

結局、狼に食べられて終わりかぁ……でも、イカよりマシかな？　だって、もう息が持たない。

口から空気が出て、代わりに海水が流れ込む。食べられる恐怖を感じる前に死ねる。それだけが救いかもしれない。

狼がわたしを追い越して沈んでいく。なんでわたしを追い越して潜っていくのだろうか？

薄れゆく意識の中で最後に見えたのは、いつのまにほどけてしまったのだろう、海中を漂う水色のリボンだった。

グーエンからもらったリボン……気に入っていたのに、残念だな。

わたしを「オマケ」と呼ばずに、「ヒナ」と愛称をくれた。

最期に「ヒナ」と、もう一度呼ばれたかった。

異世界から来たわたしに、助けが必要なら呼んでくれと言ってくれた、優しい人。

グーエンに、優しくしてくれてありがとうと、感謝を伝えておけばよかった。

最期に、もう一度、会いたかったな……

それにしても、なんで海面が近くなっているのだろう？

ザバッと勢いよく海上に体が出た。

「ヒナッ！」

どうして、グーエンの声がこんなに近くで聞こえるのだろう？

幻聴かな？　まぁ、いいか。もうなにも見えないや……

意識が完全になくなると、後は暗闇があるだけだった。

「ヒナ！　しっかりしなさい！」

胸の上を力任せに押されて、我慢できずにせり上がったものを吐き出すと、鼻も喉も痛くてむせ返る。涙目で咳を繰り返していると、体を横に向けさせられて背中を摩《さす》られた。

「うぇ、ゲホッ、エフッ」

体に乾いたシーツを巻きつけられて、顔の前に木のコップを差し出される。

「飲まずに、口をゆすいで、吐いて」

耳元でそう言われて、口に水を含む。喉がカラカラでつい飲み込もうとしたら、後ろから伸びてきた手に口を開かされて、ダバーッと吐き出してしまう。

「飲んではいけません。まだ口の中に海水が残っているはずです。飲めば余計に喉が渇きますよ」

ううっ、折角の乾いたシーツがびしょ濡れだ。

またコップを差し出され、同じように口に水を含むとまた手を突っ込まれ、吐き出す。

口に手を突っ込むのをやめてほしいけど、手を拒む力もない。

「風呂の準備ができましたよ」

「ええ。すみませんが、この子になにか温かい食べ物を用意してやってください」

「はい。早く温めないと、死んじゃいそうですよ？　唇が紫色になっていますし」

「急がないといけませんね」

そのまま抱き上げられると、目が回って気持ち悪くなり、オエッとまた海水を吐く。「もう少しの辛抱ですからね」と言われて、強く抱きしめられた。

ガチガチと歯が鳴って、体が震えはじめると、またケポッと口から海水が出る。塩辛さにゲホゲホとえずいて、涙がボロボロ溢れていく。

涙で歪《ゆが》む視界に、グーエンの顔が見える気がする。

なんでグーエンがこんなところにいるのだろう？　わたしはどうなったのだろうか？

「ヒナ。必ず助けますから、頑張ってください」

わたしをヒナと呼んでくれるのは、グーエンしかいない。

どうしてグーエンがいるのかわからないけど、涙が止まらないのは、優しくされているからだろうか？　グーエンの胸に顔を押しつけて、わたしは声もなく泣いた。

ガチャガチャと物音がして、どこかの部屋に入ったようだった。

「ヒナ。緊急事態ですので、服を脱がしますよ。失礼しますね」

腕を上げさせられて、目の前が真っ白……ではなく、ワンピースの生地の色だと気づいた時には、ワンピースは脱がされて、下に着ていた肌色のロングノースリーブだけになっていた。

「や……だ」

「すぐに体を温めないといけないので、濡れた服を脱がさないといけないんです。タオルを渡しますから、自分で体に巻きつけられますか？」

グーエンに乾いたバスタオルを渡されて、服を脱ごうとしたものの体に力が入らない。寒さのせいで床にうずくまって、体を震わせるだけだった。

寒い……気持ち悪い……

「仕方がありません。このままお風呂に入れてしまいますが、良いですか？」

小さく頷くと、グーエンに抱き上げられてゆっくりと湯船に下ろされた。

足先と手の指先にジンジンと熱が伝わり、思わず震える。力が抜けて、ズルズルと湯船に体がずり落ちていく。

「ヒナ！　危ない！」

顔が沈む前に、グーエンが両脇から手を入れて引き上げてくれた。

「獣人用の浴槽は大きいので、小さなヒナでは沈みやすいですね……」

小さいは余計な一言だよ。と、目でグーエンを見上げると、グーエンもずぶ濡れ状態だった。

「どう、したの……？　ずぶ濡れだよ？」

「ヒナを助けるのに、先ほど、海に潜りましたからね」

「さっき？」

「ええ。狼の姿に獣化して、潜りました」

ああ、そっか。あの狼はグーエンだったんだ……言われてみれば、毛並みがグーエンの銀髪と同じ色をしていたし、眼も同じ色だった。

「……ありがとう」

「いいえ。ヒナ、体は大丈夫ですか？」

「ん……。温まってきたから、大分、楽だよ。少し喉が痛くて、カラカラだけど」

「ああ、すみません。少し待っててくださいね」

グーエンが立ち上がり、小さな水差しを持ってきて私に差し出す。

「これを飲めますか？」

水差しを受け取って口の近くに持ってくると、ふわっと甘い香りがした。

口に含むと、トロッとした甘い果汁のようで、冷たくて喉にスゥと入っていく。

「美味しい……これなに？」

「桃のシロップ漬けを水で少し薄めたものです。体を冷やすので、飲み過ぎては駄目ですよ」

コクリと頷くと、グーエンは微笑んでわたしの頭を撫《な》でる。

「グーエン、お風呂入る？　寒くない？」

「ヒナの後で入ります。……駄目ですよ。女の子が、男と一緒にお風呂に入ろうとしては」

「ふあっ！　ちがっ！　一緒に入ろうとは言ってない！　すぐにお風呂から上がるよって意味だから！」

慌てて訴えると、グーエンは「可愛いですね」とわたしの頭をまた撫《な》でた。

なんだかすごく子供扱いされている気がするのは、気のせいだろうか？

「元気になってきたようで、なによりです。ヒナ、もう一人で立てそうですか？」

「うん。大丈夫。体も温まったし」

「タオルと着替えは椅子の上にありますから、好きに使ってください。まぁ、女の子用の服がなかったので、私のシャツになってしまうのですが」

それは仕方がない。助けてもらった身で贅沢は言っていられない。

中身の残った水差しを台に置き、お風呂から上がる。

脱衣所では、グーエンがこちらに背中を向けて服を脱いでいた。

上着を脱いだグーエンは、濡れたシャツ姿の上からでもわかるくらい、引き締まった逞《たくま》しい体をしている。

腕の筋肉も凄い……暁さんより勇者らしいのではないだろうか？

グーエンがズボンのベルトに手をかけたところで、わたしは背中を向ける。

いけない、これ以上は痴女《ちじょ》になってしまう。

わたしはグーエンがお風呂に入ったのを確認すると、張りついた肌着を脱ぐ。ショーツは、体にバスタオルを巻きつけてから脱いだ。

十九歳の乙女としては、ドア一つ隔てていても羞恥心はある。

椅子の上には黒いワイシャツしかなかったけれど、黒だから下着をつけていなくても透《す》けない……かな？　うーん。乙女にあるまじき格好ではあるけれど、グーエンのシャツは大きいからワンピース状態だしね。

若干の恥ずかしさを誤魔化すように、気になっていたことを聞いてみる。

「グーエン。ここって、どこなの？　船の中みたいだけど」

「ここはセスタ国の保有する、イグラシアの軍用船の中ですよ」

「イグラシア……グーエンの住んでいる町だっけ？」

「ええ。私は陸兵ですが、ヒナが心配だったので、海兵の船に無理やり乗り込みました」

無理やりって……大丈夫なのだろうか？

グーエンはどうして、わたしのためにそんな無茶をしたのだろう。

ただの顔見知りのわたしなんかを……わたしのことが、好きとか？

さすがにそれは、自惚《うぬぼ》れ過ぎだよね。本当にただの親切心で動いてくれているのかもしれないし。

「ヒナ。首のそれは、どうしたのか聞いてもいいですか？」

ビクッと体が縮み上がり、わたしは首元に手を当てる。

「えっと……う、売られちゃった……」

声が震えて小さくなっていく。

「勇者アカツキは、どうしたのですか？　魔王を退治したと、噂を聞きましたが」

「なんか……魔王を退治したら、暁さんは、元の世界に帰っちゃって……わたし、置いていかれちゃった……ふっ、ぐぅ」

泣いたら駄目だと思うのに、ぽろぽろと涙が溢れて、恥ずかしいやら悔しいやらで、体を拭いたタオルに顔を埋めていた。

グーエンがお風呂から上がり、静かに着替える音がする。

「こんなことなら、ヒナを見つけた時に無理やりにでも、連れて帰ればよかったです」

後ろからグーエンに抱きしめられて、余計に涙が溢れた。

「どうして、わたしに……優しく、してくれるの？」

「ヒナが、好きだからです。ヒナが大人になったらもう一度告白しますが、私はヒナが一番大事で、大切です」

……わたしを好き？　わたしが一番大事で、大切？

でも、大人になったら？　とは、どういうことだろうか？

「ヒナのような子供を働かせるなど、あの国の労働基準はどうなっているのか……」

はい？　子供？　スススッと涙が引っ込んでグーエンを見上げると、辛そうな顔でわたしを見ているから、本気で言っているのだろう。

「あの、グーエン。あなた何歳？」

「二十四歳ですが？」

ほぼ変わらない年齢なのに、わたしを子供扱いするのは……もしかして本気で子供だと思われているのかー!?

「グーエン、わたしを何歳だと思っているの？」

「えっと……十歳くらいでしょうか？」

ダムッとわたしはグーエンの足を踏みつける。

プルプルと震えて眉を吊り上げたわたしに、グーエンも目を丸くした。

「もしかして、ヒナはもう少し、年齢が上……だったり、しますか？　これでも高めに言ったつもりで……痛っ！」

再び、わたしの足踏みが炸裂した。

サバ読みしてそれなのか！　この駄犬、いや駄狼！

「わたし、あと一年で成人なのですけど!?」

「え？　では、十五歳ですか？」

この世界、もしかして成人は十六歳なのだろうか？

「十九歳……」

「……」

「……」

お互いに沈黙していると、ゆっくりとグーエンの尻尾が動き出し、次第にパタタタと高速で動きはじめる。

「本当に、十九歳ですか？」

「嘘をつく必要があると思う？　すっごく、失礼だと思うけど！」

むぅっと膨れっ面になるわたしを、グーエンは目を細めてギュウッと強く抱きしめた。

「ふにゃあ！」

「ヒナ！　良かったです！」

「なっ、何が？　って、それよりも、苦しいっ……」

「ああ、すみません。嬉しくて、つい」

グーエンがわたしを抱きしめる力を抜いてくれて、腕からすり抜ける。グーエンは嬉しそうに尻尾を振っているけれど、まったく、わたしを子供と思うなんて困った人だ。

胸だってないわけじゃないのに……Cカップだぞ！　大きくもなく小さくもない中途半端さだけど！　まぁ、いつもエプロン姿だったし、最近の子供は発育いいからねぇ……って、わたしも最近の若者なのですが。

でも、胸ばかり見る人はさすがに危険人物だから、グーエンが気づかなかったのは安全？　と、思っていいのかな？

自分の脱いだ服を畳《たた》もうとしゃがんだら、クラッとして立ち眩《くら》みを起こした。まだ体調が戻っていなかったみたいだ。倒れ込む前にグーエンが支え、そのまま抱き上げて頬を摺《す》り寄せた。

「まだ具合が悪いみたいですね」

「うーん……もう少し休めば、治ると思うよ？」

「それでは、船医室へお連れしますね」

お姫様抱っこ……と、いうよりは、グーエンの腕にお尻を乗せて縦に抱き上げられた状態で、グーエンの肩に頭を寄りかからせてもらっている。

船医室につくと、ベッドで横にならせてもらった。

わたしが少し眠っている間に洗濯してくれたらしく、起きると枕元に乾いた服が置かれていた。下着もあったのだけれど、グーエンは「ちゃんと女性の隊員が洗いましたから！」と必死で弁解していた。

眠ったことで体調も戻り、わたしはグーエンに連れられて食堂でご飯を一緒に食べている。

「ヒナ。次は、こちらはどうですか？」

「んっ、もぅ。自分で食べられるから」

グーエンはニッコリ笑顔で、わたしの口に食事を運んでくる。

ふわふわのロールパンは焼きたてなのか温かく、口に入れるとバターのほんのりした塩気と生地の甘味が広がる。

グーエンがジャムを付けて「あーん」とわたしの口元へ運んでくるから、仕方なくパクッと食いつく。

美味しいし、パンに罪はない。

「んーっ、ジャムが甘酸っぱくて美味しい！　なんだろう？　プチプチしたサーモンピンクの果肉……グレープフルーツかな？　でももっと複雑な味がするような」

「グレープフルーツに、青リンゴとグァバが入っているそうです」

「ふわぁ～っ。斬新なジャムだね！　手作り？　それとも、セスタ国はこういうジャムが流行っているの？」

微笑むグーエンはスプーンにジャムをすくい、紅茶に混ぜてわたしに勧めてくれる。

「このジャムは、イグラシアの『警備塔』の食堂で作られているものです。私の職場なので、気に入ったのなら、今度もらってきますよ」

「いいの？　ふふーっ、嬉しいな。ニルヴァーナ国は食事が美味しくなかったから、セスタ国も同じだったら、どうしようかと思っていたよ」

パンだけじゃなく、コーンスープも滑らかで粉っぽくない！　これ重要。オムレツにはハムとチーズが入っていてふわふわトロトロだし、ナッツの入ったサラダは香ばしくて歯ごたえもいい。まだ熟していない早摘みのグリーントマトのフライに、茹《ゆ》でた海老と卵を混ぜ合わせたタルタルソースがよく合う。

メインはサイコロステーキで、柔らかお肉がとってもジューシー。

これで一人前らしいのだけれど、わたし一人では食べきれないので、グーエンにも手伝ってもらって食べている。

「やっぱり、美味しいものは元気が出るね」

「ええ、ヒナが元気になってよかったです」

そう言いながら、グーエンは相変わらずわたしの口に食べ物を運ぶ。わたしは気にしないよう差し出されたものを口に入れていく。

グーエンの軍服とは色違いの、紺色の制服を着た人たちがわたしたちを遠巻きに見ているけれど、気にしちゃいけない。なんだか傍《はた》から見たらバカップルな気がするけどね。

ただ、その人たちは呆れているというより、困惑しているような感じがする。

「そういえば、グーエンが海に潜って助けてくれた時、わたしより深くに潜っていかなかった？」

「ああ、それは、溺《おぼ》れている人は必死ですから、正面から助けようとすると、よじ登ろうとしてこちら側が逆に溺《おぼ》れさせられる危険があるためです。だから、水難救助の場合は、後ろから助けるのが鉄則なんですよ」

なるほど……夏場に溺《おぼ》れた子供を助けに行った大人が、逆に死亡するという痛ましいニュースをよく聞くけど、そうしたことが原因なのかもしれない。

「あのイカみたいなのも、グーエンがやっつけたの？」

「クラーケンですね。ええ。氷で頭を叩き切りました」

「氷？」

グーエンが指をくるくると回すと、指先に氷ができる。

「わっ！　魔法⁉」

「ええ。私は氷魔法の使い手ですので」

この世界に来て、初めて魔法を見た。

暁さんの仲間に魔法使いはいたけれど、魔法を使っているところは見たことがなかったのよね。

「魔法って、誰でも使えるの？」

「いえ、魔法を使うには生来の資質が必要ですから、誰でも、ということはないですね。親から受け継がれることがほとんどですが、私は先祖を遡《さかのぼ》っても魔法を使えた者はいないので、私の代で発現したようです」

「へぇー。凄いんだね」

わたしが氷を手に「すごいねー」と感心していたら、グーエンの尻尾がまた勢いよくブンブン回る。なぜか、それを見ていた周りの人がざわつく。

グーエンがそちらに目を向けると、「ヒッ」と声が上がり、食堂にいた人たちはそそくさと逃げるように出ていった。

なんなのだろう？　グーエンを見上げると、グーエンはコーンスープをスプーンですくい、わたしの口に運ぶ。

別に、ご飯をねだっていたわけではないのだけれど。

「んっ、ん。グーエン。わたし、もう十九歳だってちゃんと言ったよね？」

「はい。ですが、『番《つがい》』に給餌《きゅうじ》をするのは獣人の習性のようなものですから、気にしないでください」

習性……癖みたいなもの、なのかな？　でも、他の人たちはしていない気がする。

というか、ツガイってなんだろう？　お客さんという意味だろうか。異世界語？　だったら、納得だ。

他の人たちがしていないのも頷ける。この船でお客さんはわたしだけ……と、思ったところでハッとする。

「グーエン！　船の人たち、わたし以外の沈没した船の人たちは!?」

「救助できた者は助けましたが……全員とはいきませんでした」

全員は無理だろうとは、わたしも思った。

クラーケンと戦っていた人もいたし、逃げ出そうとした人たちの中にも、定員オーバーで救命艇に乗れなかった人がいたのだから。

「グーエン。あのね、褐色の肌に黄色の短い髪で、赤紫色の目をした二十代前半ぐらいの男の人は、救助された人の中にいた？」

「褐色の肌に、目が赤紫色ならば……イスターニア族の青年ですね。砂漠地帯に住む少数部族です。一人、船に乗せましたが……」

困った顔で言い淀《よど》むグーエンに、わたしは察してしまった。

あの親切なお兄さんは、わたしを助けたばかりに、船の沈没に巻き込まれてしまったのだろう。

「……助かった人たちは、これからどうなるの？」

「元の国へ帰します。亡くなった方のご遺体は、身元がわかった方から身内へ連絡して、引き取りに来てもらうか、でなければこちらで火葬をして遺灰《いはい》を埋葬するか、送り届けるかします」

「そうなんだ……あのね、イスターニア族の人、故郷に妹さんがいるらしくて……妹さんのところに帰るって言っていたから、ちゃんと帰してあげてね」

「わかりました。ヒナ、悲しみの涙は仕方がありませんが……貴女が泣くと、私も悲しい」

グーエンの手の平が頬に触れて、自分が泣いていることに気づいた。

ほんの少し話をしただけのお兄さんだった。でも、知っている人が亡くなったことは、悲しくて辛い。

グーエンに引き寄せられて胸を借りると、涙はとめどなく溢れた。

第四章　氷の狼隊長さんと結婚しました

船がセスタ国のイグラシア港町へ着き、グーエンと同じ深緑色の軍服を着た人たちが、沈没した船の船員を船から降ろしていく。怪我をした人から先に降ろされ、次いで白い布に包まれたご遺体が運ばれていった。ご遺体は腐らないように魔道具で冷凍保存されて、身元の確認が済み次第、身内へ連絡が行くそうだ。

あの白い布の一人が、食事を運んでくれたお兄さんなのだろう。

わたしが感傷に浸っていると、水色の髪を三つ編みにした深緑の軍服の青年が、グーエンのところへズカズカと音を立てて詰め寄ってきた。

「グーエン隊長っ！　なに勝手なことしてるんです、海難事故は海兵の領分でしょう！　ノニアック隊長に僕ら陸兵がどれだけチクチクと嫌味を言われたか、わかっているんですか！」

グーエンは溜め息を吐いて耳を下げ、眉間にしわを寄せている。

「グーエン隊長！　話を聞いていますか！」

「はぁ……聞こえています。シャマラン、貴方は口うるさいですね」

「今回はグーエン隊長が全面的に悪いんですから！　僕ら、部下がどれだけ大変だったか……」

まだお説教が続きそうなシャマランと呼ばれた青年から、グーエンはわたしを連れて逃げようとする。けれどグーエンに手を掴まれた時、ズキンと指先に痛みが走った。

「痛っ！」

「ヒナッ、どうしました⁉」

グーエンが驚いた顔でわたしの顔を覗き込んだ。わたしは掴まれていないほうの手で、グーエンの手をポンポンと叩く。

「ちょっと、手を離してもらえる？　なんだか、手がズキズキする」

グーエンがパッと手を離す。見ると、人差し指の爪が真っ赤に染まっていた。

そういえば、海で樽《たる》にしがみついた時に、木の破片が刺さったのを今まで忘れていた。手を握られた時に深くに入って、血が出てしまったのだろう。

指先を舐めて血を止めようとしたら、グーエンがわたしの手を取り、そのまま口の中に入れてチュウッと吸いついてきた。

「グー、エンッ、痛い～っ、やめ」

グーエンはペッと血に染まった唾《つば》を吐き捨てる。

「木の破片が刺さっていたようですね」

まだジクジクした痛みが残るけれど、刺さった破片は抜いてもらえたようでスッキリした。

「ありがとう。グーエン」

「いいえ。しかし、ちゃんと手当をしないといけませんね」

グーエンが困った顔をしている……と思ったら、いきなり体を抱きしめられた。苦しいくらいガッチリ抱きしめられ、いきなりなに!?　と困惑していると、どこかから熱風が吹いて、かと思えば周囲に氷が浮き上がり、熱気とぶつかって水がペシャペシャとかかってきた。

「な、何？」

「シャマラン！　ヒナをお願いします！」

「え？　ちょっ！　グーエン隊長、こんなところでやり合わないでくださいよ！」

グーエンがわたしを突き放すと、シャマランがわたしの腕を取って、その場から引き離す。

「わっ！　なに？　グーエン？」

「ヒナ、すみません。しばらくかかりそうです……シャマラン！　ヒナを医者に診《み》せてください！」

そう言ってグーエンは革袋のようなものをこちらに投げつけて、シャマランが片手でそれを受け取る。

チャリチャリと金属の鳴る音がするので、お財布のようだ。

「グーエン・テラス……貴様ぁー！」

低く唸《うな》るような声でグーエンの名が呼ばれ、怒声が響く。

声のしたほうを見ると、七三分けにした赤髪に、三角耳ともっふりした尻尾の持ち主が、金色の目を怒りに燃え滾《たぎ》らせていた。

紺色の軍服を着ているところを見ると、海兵の人だろうか？

「ノニアック・マーカー。私の留守中、うちの部下がお世話になったようですね」

「ふざけるな！　貴様、よくも海兵の船を、勝手に動かしてくれたな！」

ああ、さっきシャマランが言っていたノニアック隊長とは、この人なのだろう。

ノニアックさんが手を上げると熱風が起こり、それをグーエンが氷の壁で防ぐ。熱風を受けた氷の壁は水をビシャビシャと撒《ま》き散らしてじわじわと溶けていく。

「ヤッバ！　グーエン隊長もノニアック隊長も、派手に喧嘩しないでくださいね！」

「わぁ！」

バサッと音がすると、シャマランの背中から水色の翼が広がり、わたしは小脇に抱えられて空を飛んでいた。

ひぃぃっ！　足が宙に浮いているのは、すごく怖いのですけどぉー！

「さて、僕、子供のお守りは苦手なんだよね。でも、グーエン隊長のお願いだしなぁ……君、暴れたり騒いだりしないでよ？」

「暴れないけど、地面に戻してぇ〜っ！」

「無理。下を見てみなよ。あれじゃ当分、港のほうには近寄れそうにないね」

シャマランに言われて視線を下へ動かすと、グーエンとノニアックさんが激しい魔法合戦を繰り広げていた。

ノニアックさんは手を前に突き出してなにかを放ち、グーエンは氷でそれを迎え撃っている。

「ノニアックさんも、魔法を使っているの？」

「ノニアック隊長は、炎熱魔法の使い手。グーエン隊長とは正反対の属性だから、お互いに相性が悪いんだよ。狼族と狐族は比較されやすいし、元々、海兵と陸兵は仲が悪いの。しかも二人共同年代で、子供の頃からの好敵手だから、余計にぶつかることが多くて……いつもなら、グーエン隊長は無視するんだけどねー」

シャマランはわたしを見て、「まさかねぇ……」と首をひねる。

「止めなくていいの？」

「止められる人がいたらね。いるわけないし、無駄だよ。まっ、隊長たちが暴れ終わるまで、大人しくしているしかないでしょ」

そういうものなのだろうか？　どう見ても、港で作業している人たちはいい迷惑だと思う。蜘蛛《くも》の子を散らすように逃げ惑っているのがその証拠だ。

「おっ、港は派手にやっているな」

「そうなんだよ。グーエン隊長とノニアック隊長が、派手にやり合ってて」

「隊長が？　挑発に乗ったのか、珍しい」

周りを見ると、翼を背中から生《は》やした鳥の獣人たちが空を飛びかい、世間話をするように話しては去っていく。

獣人の国って、ファンタジー……ニルヴァーナ国とは全然、ファンタジー度合いが違う。

ニルヴァーナ国の人たちは色とりどりの髪や目をしていたけれど、それ以外は普通だったから、普通の西洋人が仮装でもしているようにしか思わなかった。でも、ここでは翼で空を飛び、獣の耳や尻尾を生《は》やした人たちばかりで、改めて異世界なのだと思い知らされる。

そんな獣人の人々が暮らすイグラシアの港は大きな湾になっており、海底が透けて見えるほど透明感のある海が広がっている。港の周りには三角屋根の家が建ち並び、町の中心部には巨大な灰色の塔が聳《そび》え立つ。おそらくあれがグーエンの言っていた『警備塔』だろう。つまりは、軍の基地なのだろうか？

「とりあえず、診察所に連れていけばいっか」

シャマランはそう言うと、いきなり斜めに急降下した。

「ひっ！　ひゃぁぁぁぁ！」

掠《かす》れた悲鳴を上げての空中遊泳が終わり、げっそりしたわたしは地面に降ろされる。

降ろされたのは白く四角い建物の前で、なにか文字が書かれた看板が出ていた。

「あっ、診療所、今日は休みかぁー……」

どうやらここは診療所で、看板は定休日を知らせるものだったようだ。

シャマランはわたしを見下ろし、うーん、と唸《うな》る。

「君、どこか行きたいところとかある？」

「えっと、お仕事を紹介してくれるような場所って、ありますか？」

「仕事？　もしかして働く気なの？」

コクコクと頷くと、シャマランは翼を閉じながら「子供でも働けるところねぇ……」と首を傾げる。翼がしまいやすいように軍服の上着にスリットが入っているのが、獣人仕様の服だなぁと思う。

ちなみにグーエンは、尻尾を動かしやすいように軍服の後ろが燕尾服のようになっていた。

「あのね、わたしは十九歳。子供っていうけど、そこまで子供じゃないのだけど？」

「え？　十歳と九ヶ月とかじゃなく？　十九？　僕より二つ上!?」

自分の年齢に何ヶ月まで付けて自己紹介する人はいないと思う。いるとしたら、生まれたばかりの赤ん坊や小さい子供ぐらいだろう。

「あー、えーと、僕はシャマラン・ゴルド。イグラシア港町警備部隊、陸兵。よろしく」

差し出されたシャマランの手を握り返しながら、わたしも名乗った。

「ヒナコ・ナナワです。よろしくね」

お互いに握手をして、そのまま仕事の斡旋所《あっせんじょ》へ連れていってもらった。

そこは石造りの洞窟のような施設で、酒場のカウンターのようなところで求人のチラシをもらう。その横の掲示板にも色々な張り紙がしてあった。あまり人はおらず、欠伸《あくび》をしている職員が新聞を読んでいるぐらいだ。

「住み込みで働けて、食堂とか、料理関係のお仕事が理想なのだけど……」

チラシにあるのは日雇《ひやと》いの土木業や、漁業系の積み荷の上げ下ろしなど力仕事が中心のようだ。

「無理じゃない？」

「なんで？　わたし、お料理の学校に行ってたし即戦力になると思うよ？」

シャマランは、わたしを上から下まで値踏みするように見て、自分の首を指さす。

つられてわたしも自分の首を触ると、チョーカーに付いたタグがチャリッと指に当たる。

「ヒナコは『商品』だから、それを解除しない限りは、住み込みはもちろん、通いでも雇ってくれるところは少ないと思うよ。ただでさえ、セスタ国は警備が固い軍事国家だからね。『商品』に身を落とした人には厳しいんだよ」

グッ……と、喉元まで出かかった言葉を呑み込み、自分の不甲斐なさに落ち込みそうになる。

けれど、働かなくては生きていけない。

グーエンは、わたしを救助してくれて、好きだと言ってくれたけど、この先どうするかの話はしていない。

仮にグーエンが身元引受人になって戸籍を作れたとしても借金は残っているし、なにより隊長という立場のグーエンにとって、商品に身を落としたわたしの面倒を見るなんてマイナスにしかならないのではないだろうか？

「シャマラン。救助された人って、『商品』だったら、元の持ち主に返されるの？」

「返されるんじゃないかな？　所有物扱いだから。奴隷売買は禁止されているけど、『商品』にされた人間は人じゃなく物扱いになるから、奴隷売買に当たらないんだよね。変な話だけどさ」

「そっか……じゃあ、仕方がないね。うん」

そうかと言いつつも、気持ちはズンと沈む。

船の中で聞いたお兄さんの話とほぼ同じだ。

束の間の自由。買い手のところへ行くのが、少し延びただけだ。

「まぁ、多少の金額なら、買い手のところで働いていれば、いつかは自由になるんじゃない？」

「……二千万シグル返すのに……どのくらいかかると思う？」

「それは……一生、とはいかないだろうけど、残りの人生かなり費やしちゃうだろうね」

「だよね……はぁ……」

しかも噂じゃ、飽きたら剥製《はくせい》にするという話だから、二千万シグル分働くまで待ってもらえるとは思えない。人生詰んだ。望んでもいない勇者召喚の巻き添えで、生活も夢もなにもかも奪われて……こんなことなら、クラーケンに襲われた時に死んだほうがマシだっただろうか？

落ち込んでいると、優しい声が聞こえた。

「ヒナ、すみません。診療所が定休日だったのを忘れていました」

「グーエン……」

グーエンは微笑むと、わたしの頭を撫《な》でまわす。嫌じゃない、嫌じゃないけど……子供扱いみたいで恥ずかしいから、頭を振って手から逃れる。

「え？　グーエン隊長？　え？　えぇぇっ!?」

シャマランの引き攣《つ》ったような顔と驚いた声に振り向き、グーエンがニコリと笑う。

「シャマラン。ヒナの面倒を見てくださって、ありがとうございました。貴方は、業務に戻って構いませんよ」

「ヒッ！」

シャマランは短い悲鳴を上げてグーエンにお財布を返すと、勢いよく施設を出ていった。

別れの挨拶ぐらいしたかったのに、と口を開けたままのわたしの手を、グーエンが財布をしまいながら引く。

シャマランは、いきなりどうしたのだろう？　と考えるものの、グーエンは素知らぬ顔だ。

「ヒナ。職業斡旋《あっせん》所で、なにか収穫はありましたか？」

「……ううん。住み込みで働けて、料理に関われる職を探していたのだけど、そう都合のいい条件の募集はないね」

なにより船が出られるようになったら、わたしはここから追い出されるだろうから、たとえいい条件の職が見つかったところで意味はないだろう。

「ヒナの条件で……というのは、少々難しいと思います」

申し訳なさそうな顔でわたしを見るグーエンに、わたしも「そうだよねぇ」と頷く。

「ヒナに合う職があればいいのですが、どこかにいいところはないものか……ふむ」

グーエンが真剣に悩むので、わたしは慌てて首を横に振る。

「わたしはコレがあるから、仕方ないんだよ。だから無理しないで、ね？」

わたしは自分の首を指でさして、『商品』であることは自覚しているから、気にしなくていいよという意味で笑ってみせる。

「それも、問題ですね……」

「グーエン。わたし、ちゃんと迷惑にならないように、デニアス卿って貴族のところへ行くから……それまでの少しだけ、ここで生活できるくらいのお金を得られればいいんだから、いざとなれば、土木業とかでも頑張るよ！」

わたしはあるかないかの、微妙な力こぶを見せるようにガッツポーズをする。

「ヒナ……私は、迷惑だとは思っていません。それに、ヒナを貴族のもとへ行かせたくありません」

ひどく困った、ううん、悲しそうな顔に近いかも？　わたしを見つめる彼の表情は、この世界で唯一わたしを心配してくれているのではないかと思えた。

そんな優しいグーエンだから、わたしはグーエンを自分のことに巻き込みたくない。

「色々気を使ってくれて、本当にありがとう。あのね、気にしないでね？　助けてもらっただけで、十分だから、そんな悲しい顔しないで」

グーエンは開きかけた口を閉じて、眉根を寄せている。

しばらくわたしを見つめて、思い詰めたような表情でわたしの両肩に手を置いた。

「ヒナ……一つ、全部を解決できる仕事が、ないわけではないのですが……」

「だから、無理しなくても大丈夫！　なんとかなるから、気にしないでいいんだってば」

「いえ、そんなわけには！」

「グーエンって、意外と頑固？　……じゃあ、そのお仕事ってなんなの？」

グーエンがすごく言い辛そうに目を逸らしているということは、違法な仕事……とか？

「それはここではなんですから、その職場へ行って話し合いましょうか」

職場……ねぇ。グーエンの態度から察するに、やはり怪しいお仕事だったりするんだろうか。

グーエンに連れられて、レンガ造りや木造の家が建ち並ぶ住宅地区へ進む。港からは少し離れた場所のようだ。

こんな長閑《のどか》な場所に職場があるなんて、一体どんな職業なのだろう？　住宅地区なら、ベビーシッターとか……いや、そんな可愛いものなら、グーエンは言い辛そうな態度はしないだろう。もしかしたら異世界のベビーシッターは、人がしりごみするほど、大変……とか？

「さあ、着きましたよ」

グーエンがそう言って入ったのは、小ぢんまりとした庭付きの一軒家だった。

シンプルな庭には大きな樹が生《は》えていて、そこを囲むように花壇が丸く広がっている。けれど相当手入れを怠《おこた》っているのか、庭も花壇も草木が伸び放題の荒れ放題だ。

「この家が、職場になります」

家の扉を開けると、中は埃《ほこり》とカビの臭いがした。

「この家が……職場？　えっと、この家を掃除して人が住めるように、って感じなの？」

「それも業務に含まれます」

うーん。家政婦のような仕事だろうか？

グーエンは家の中を案内してくれた。家具なども揃ってはいるけれど、人が暮らしている気配がない。

家は二階建てで、一階にはキッチンとリビング、お風呂とトイレがあって、階段下は物置になっている。二階はベランダ付きの部屋と寝室と、小さな子供部屋の三部屋。

グーエンは窓を開けて家に風を通すと、一階のリビングへ戻った。

「月に一度は、風を巡らせに来ているのですが……ちゃんと住んでいないと駄目ですね」

「えっと、じゃあ……ここはもしかして」

「ええ、私の家です。両親が若い時に購入して……亡くなってからは、私は宿舎に入ったので、この家は十年ほどずっと空き家だったのですよ」

つまりは、グーエンの家……ここが職場ということは、グーエンが雇ってくれるということだろうか？

「確か……この辺りに……あった。ヒナ、手を出してください」

グーエンが小さな木箱から焦げ茶色の小瓶を取り出し、手を差し出す。恐る恐る手を伸ばすとそのまま取られて、小瓶の中身がわたしの指先にバシャバシャとかけられた。

「ふっにゃぁぁぁぁっ！」

「木の破片とはいえ、化膿《かのう》すれば熱が出ますし、最悪、指を切断する羽目になりますからね」

「消毒液？」

「ええ。このぐらいしかできませんが、早く治るといいですね」

グーエンが消毒液をかけなきゃ、痛いのも忘れていたぐらいなのだけどね。

細く切った包帯を指先にくるくると巻かれ、リビングの椅子に座らせてもらっていると、グーエンがお茶を出してくれた。

「仕事の話……ですが……」

「あの、グーエン。無理しないでね？」

「無理をするつもりはありません」

でも、この状況からして、グーエンはわたしにこの家を掃除とか色々させて、綺麗になったら家を売り、わたしにお金を渡そうとしているのでは？　と、勘繰《かんぐ》ってしまう。

　全部を解決できる仕事というと、わたしに思いつくのはこのぐらいで、ご両親の大事な家をわたしのために手放そうとしているから、言い辛そうにしているのかもしれない。

「ヒナは、その首のモノを外したいですか？」

「それは……外せるのなら外したいけど、わたしじゃ無理なことは、ちゃんと知っているよ？　身元を保証してくれる人なんていないし……それに、外せたところで借金は消せないことも。まぁ、働けるなら、借金は一生かかっても返していくつもりだけど」

　わたしは顔を上げて、しっかりとグーエンと目を合わせる。

「身元保証人がいなくても、戸籍を手に入れる方法があります」

　ゴクリと喉を鳴らし、わたしはグーエンが違法なことをしようと言い出すのでは？　と、脳みそをフル回転させた。

　もしかしたら警備隊長だから裏の方法を知っているとか？　危ないことをしようとしているのかもしれない。それならグーエンを止めなきゃ！　親切なグーエンを悪の道に踏み入らせちゃいけない！

「駄目っ！　グーエン、わたしはこのままでいいの！　ごめんなさい！　だから、思いとどまって！」

　わたしはグーエンの手を握り、必死に止めようとした。けれどグーエンはそんなわたしを見るとわずかに目を丸くして、眉を下げて笑う。

「ヒナ。私がなにをしようとしているか、ヒナが想像したことを聞いてもいいですか？」

「えっと、なにか違法な方法で首のチョーカーを外して……この家を綺麗にさせて、売りに出して借金を消そうとしている……みたいな、感じではないの……？」

「ああ、なるほど。確かに、それも一つの手かもしれませんね」

「あれ？　違うの!?」

グーエンは感心したと言わんばかりの顔で、わたしが握る手に手を上から重ねて頷く。

「そうですね。最終的にヒナに却下された場合は、その手でいきましょうか」

「いや、やっちゃ駄目だから！」

わたしがツッコむと、グーエンは「ヒナにバレないように、コッソリやります」と宣言した。

でも、心配していたようなことじゃないなら、どういうことをするつもりなのだろう？

わたしが首を傾げていると、グーエンはテーブルの上に紙と、それからインク壺《つぼ》とペンを置いた。

「ヒナは、読み書きはできますか？」

「簡単な単語が少し読めるぐらいかな。書けるのは、自分の名前くらい」

ニルヴァーナ国では、庶民が読み書きをすることはほぼないと聞いていたし、どうせすぐ元の世界に帰ると思って、あまり真面目に文字を覚えようとしなかったのが、少し恥ずかしい。

「ヒナ。契約において一番大事なものを教えますね。それは署名する際に使われるインクです。このインク壺《つぼ》のマークを覚えておいてください。このマークのある壺《つぼ》のインクで書かれた文字は魔法でも消せません。重要な書類を書く時は、マークを確かめてくださいね」

インク壺《つぼ》には、紅葉《もみじ》に似た葉っぱが刻印されていた。

「このインクじゃない場合は、どうなるの？」

「他のインクは魔法で消せてしまうので、契約書にサインしてもなかったことにされる危険があります。このインクの場合、ペン先にインクが吸い込まれるので、それも見分ける方法の一つです」

グーエンがインク壺《つぼ》にペン先を浸けると、インクがペンに吸われていく。そしてなにやら書かれた紙に、グーエンは流れるような綺麗な字を書いていく。

アルファベットに似たその文字を書き終えたグーエンがまたペンを壺《つぼ》に入れると、ペン先からインクが戻っていく。

「今、私が書いたのはグーエン・テラス、自分の名前です」

「つまり、グーエンが雇用主だよって、契約書みたいなもの？」

グーエンは少し困った顔で目を逸らしてから、もう一度わたしを見る。

そんなに難しい契約内容なのだろうか？　グーエンはわたしの手を取ると、ギュッと握りしめた。

真剣な目で見つめられると、どんな契約内容なのか不安になる。

「ヒナ。ヒナは、貴族のもとへ行きたくないのですよね？」

「それは、できることなら……」

人を買うような人間はロクでもないし、色々と怖い噂のある人のところに行きたいわけがない。

「……ヒナは、結婚に関しては、なにか考えていたりしますか？」

「結婚？　人並みに憧れはあるけど……わたしは捨てられちゃったからなぁ」

そう。わたしは両親に捨てられた娘なのだ。望まぬ結婚を強《し》いられた両親の、望まなかった子供がわたし。だから幸せな結婚に憧れる気持ちはあるけれど、自分とは縁遠い世界のもののような気がする。

「やはり、ヒナは……アカツキと……」

「え？　なにか言った？」

グーエンがボソリと呟いたけれど、わたしにはうまく聞き取れなかった。

「なんでもありません。……ヒナ。この紙にヒナが名前を書いて、戸籍がもらえるとしたら、書きますか？」

「書くだけでいいなら……でも、そういうのって危ない契約書とかなんじゃ……」

グーエンは親切で優しいし、わたしを騙すような人ではない。とは、思うけれど……

やはり、契約書というのは慎重にならなければならないものだし、なにより文字が読めないことが不安だ。

「私を信じてください。これは結婚の証明書です」

「へ？」

「ヒナ。私と結婚してください」

「は？」

今、なんて言ったの？

「私と結婚すれば、セスタ国の住民として戸籍に登録されますから、そのチョーカーを外せるようになります。そうすれば、ヒナは人権を取り戻すことができます」

「あ、なるほど……つまり、一時的に契約結婚をするだけ、だよね」

ビックリした……一瞬、本気かと思ってしまった。

「あの、ヒナ……」

そっか。結婚すれば戸籍を得られるのね。

理解しつつも、目頭が熱くなって、涙がぽたぽたと流れ落ちていく。

やっぱり、結婚なんてわたしには縁遠い話で、これはグーエンにもわたしにも難しくない、戸籍を得る手段でしかない。

でも、わたしはすごく、惨めだ……

「ふ……えっ……」

声を出さないでいようとすると、息をするたびに嗚咽《おえつ》が漏れて喉の奥が痛い。

グーエンを困らせてはいけないと、わかっているのに涙が止まらない。うつむくとガタッと音がして、グーエンに抱きしめられていた。

「ヒナ。泣かないでください。私は、一時的にではなく、ずっと……この契約を続けたいと思っています。永久就職をしませんか？」

「永久、就職……？」

「ええ。本当は、そんなモノをつけていない状態で、結婚を申し込みたかったのですが……これでは、私がヒナに逃れられない選択を迫っているようで……」

この一年間、わたしをただ一人、気にかけてくれて、クラーケンに襲われた時にはまるでピンチに駆けつけるヒーローのように現れて、こうしてまた、わたしを救うために結婚までしてくれるの？　わたしが傷つかないように、一生をわたしに縛《しば》りつけられる気でいるの？　グーエンはどれだけ、お人好しなのだろう。

「グーエン、わたしのことをそこまで気遣わないで。その言葉だけで十分だよ？　すごく嬉しい。でも、グーエンの人生を犠牲にしちゃ、だめ」

わたしは手で涙を拭いて、ヘラッと笑ってみせる。

「大丈夫。同情してくれているってわかっているから。だって、グーエンとわたしは一年前に出会って、数回会っただけなんだよ？　わたしのためにそこまでしないで」

「ヒナ！　どうして貴女は、私の言葉を信じてくれないのですか？　私は貴女を『番《つがい》』だと言ったはずです！」

確か船の中で聞いた言葉だけど……『お客さん』という意味ではなかったのだろうか？　首を傾げると、グーエンの眉が下がる。

「もしかして……『番《つがい》』という言葉を知らない……のですか？」

わたしはコクリと頷くと、グーエンはガクリとうなだれる。

「番《つがい》は……獣人や竜人などには、自分が一緒にいるべき伴侶《はんりょ》がわかるのです。運命の相手……と言えばロマンチックですが、実際に出会えることは稀《まれ》で、大半の者は出会えないまま人生が終わります。私が番《つがい》の匂いを感じたのは、一年前でした」

グーエンはわたしを片手で抱き上げ、顔を近づける。

すんっと鼻を鳴らして匂いを嗅ぎ、蕩《とろ》けるように微笑む。

「あの日、西のほうから、ミルクの柔らかな匂いと焼き上がったばかりの菓子が合わさったような甘い香りを感じました。心が酷く乱れて、探しに行かなければいけないとソワソワしてしまって……しかし、休みをもらうまで二ヶ月もかかってしまいました。その間、焦りだけが募りました」

そういえば、グーエンがわたしの前に現れたのは、この世界に来て二ヶ月後だった。

「ヒナに会った瞬間、私の番《つがい》なのだと確信しました。嬉しくて、抱きしめるのを堪えるだけで精一杯で、あまり喋《しゃべ》れずに店を出てしまい……もう少しヒナと話をしたくて、外でヒナの仕事が終わるのを待っていました」

「食事の後から、ずっと待っていたの？」

お昼からだとしたら、五時間は外で待っていたはずだ。せっかくの休みなのにわたしを探すため、この国からニルヴァーナ国まで行くなんて、行動力の塊《かたまり》なのではないだろうか。しかも、食事の後ひたすらわたしの仕事を終わるのを待っていたなんて……

グーエンは眉を下げて笑い「ヒナが出てきたら、なにを話そう？　なんと答えてくれるか？　と、想像して幸せだったり、不安だったりしていました」と、わたしの頭に頬を摺《す》り寄せる。

「ヒナが、勇者アカツキと元の世界に帰ってしまうと聞いて……本当は、諦めるつもりだったのです。それでも会いたくて、休みが取れる度に、会いに行ってしまいました」

わたしに会うためだけに、長い船旅を何度もするなんて、有休を使い果たすわけだよね。

「わたしも、グーエンがお店に来てくれるのを、すごく楽しみにしていたの……」

グーエンがわたしに会いたがったように、わたしも会いたかった。

温かくて優しい人……わたしも、元の世界に帰る前にグーエンにさよならを言えないのは嫌だって思っていたし、感謝の言葉をいっぱい言いたかった。

「ヒナに、その言葉をもらえて、今、私がどれだけ幸せな気持ちか、わかりますか？」

幸せな気持ち……胸が小さくトクリと鳴った。

ああ、わたしも今、わかった。

わたしも、今すごく幸せな気持ちだ。

「勇者アカツキが魔王を倒したと聞いた時、ヒナにもう会えないのが嫌で、仕事が手につかなくて……ヒナはもう元の世界へ帰ってしまったはずなのに、ヒナの匂いが残っていて……会いたい一心で、仕事を放り出して、海兵の船を強奪して匂いのするほうへ、出航させてしまいました」

「だからノニアックさんが、あんなにカンカンに怒っていたのね」

「ええ……譴責《けんせき》処分になりました。でも、ヒナとまた会えました」

譴責《けんせき》処分になったにしては、すごく良い顔をしている。

これは反省してないかも？

でも、わたしもまた会えて嬉しかったし、命を助けられた。

グーエンは、やっぱりわたしのヒーローみたいな人。

この幸せな気持ちがあれば、結婚しても、裏切ったり憎しみ合ったりせずに済むだろうか。

「グーエン。わたしのことが、す、好きなの、よね？」

「ええ。好きです。愛しています。一番大事です」

「わたしと結婚したら、ずっと一緒にいてくれるの？」

「一生涯、共にいますよ。たとえヒナが嫌がっても、離れるなんてできません」

グーエンは、「だから、私を好きになってください」と、乞うように告げて、わたしのおでこに額をくっつけた。

わたしはといえば、嬉しさのあまり顔がニヤけてしまわないように、必死で耐えていた。

今まで誰かを好きになったことがなかったわたしは、この気持ちが『好き』から来ているのか、まだよくわからないけれど、幸せな気持ちが胸から溢れそうで、ドギマギする。

グーエンは獣人だけれど、動物は嫌いじゃないし、三角耳も尻尾も素敵だと思う。

むしろ、尻尾のもふもふは触り心地がよさそう。

顔は美形。身長は四十センチぐらい離れているから、見上げてばかりになりそうだけど、こうして抱き上げてもらうと、近くに顔があるから嫌じゃない。

それに隊長というだけあって、片手でわたしを抱き上げられる筋肉量は素晴らしい。

優しい性格も、わたしがピンチの時に駆けつけてくれる勇敢さも、親切過ぎるところも、全部あまりに魅力的で、わたしにはもったいないくらいだ。

「ヒナ……私は、勇者アカツキのように、ヒナを元の世界へ帰してあげられません。それでも、私の人生をかけて、ヒナを幸せにすると約束します」

「ううん。わたしを幸せにしてくれなくていいの」

わたしの言葉にグーエンは傷ついた表情になったけれど、最後まで聞いてほしい。

「あのね、結婚するなら、二人で幸せにならなきゃ。でしょう？」

困惑した顔のグーエンの肩に手を乗せて、おでこをくっつけたまま軽く当てるだけのキスをしてみた。

みるみるうちに恥ずかしくなって、真っ赤な顔のわたしができあがってしまった。

今すぐ、逃げ出したい！　ファーストキスをしてしまった～っ！

「ヒナ……あの、今の……」

「な、なんでもない！　幸せに、二人でなるの！」

耳は熱いし、心臓がバクバクいっていて、グーエンの顔がまともに見られない！

今にも悲鳴を上げてしまいそう。実際、心の中では大声で「きゃあああ」と叫んでいる。

「ヒナ。二人で幸せに、なりましょうね」

ちゃんと通じたようで、グーエンがわたしの頬に手を当てて、そっと唇を重ねた。

少しだけ湿った唇は、ほのかにお茶の味がした。

「契約書……もとい、婚姻証明書を書きましょうか」

「うん……」

ドキドキしすぎて、目が回りそう。

グーエンに椅子に座らせてもらって、インク壺《つぼ》にペン先を浸ける。

「書き損じたら……どうしよう？」

「案外、ヒナは心配症ですね」

「だって、一生に一度のことでしょう？　緊張しないなんて、無理があるよ」

嬉しそうにグーエンが目を細めて、ゆっくりと尻尾を揺らす。

「ヒナは、この一枚だけだと思ってくれているのですね」

「うん？　他にもあるの？」

「いいえ。ただ、私以外と結婚はしないという意味でしょう？　一度だけだなんて」

そう何回も結婚をするわけがない。好きな人同士なら、なおさらそういうものではないのかな？

わたしの両親のように、お互いを嫌い合って傷つけるだけの結婚に価値なんてない。だから、わたしはグーエンとの結婚で幸せになってみせる。

勢いのままに、わたしは証明書にペンを走らせる。

「あっ！　七和日南子って書いちゃった……」

「大丈夫ですよ。ヒナが本名として書いた文字ならば、魔法で変換されますから」

十年以上漢字で書いていたから、これはクセだろう。

この世界に来てからの一年で自分の名前を書いたのなんて、片手で足りそうだからね。

十九年生きてきて、大事なところで失敗してしまったかと思ったけれど、そうはならなかったようで一安心。

「最後に体液を指につけて押せば、完了です」

「体液？　血判？」

グーエンが自分の指を口に入れて、証明書に押し付ける。

なるほど、血でなくてもいいらしい。

わたしもグーエンに倣《なら》って、証明書に指を押し付けた。

契約書が淡く光を放ったかと思うと、忽然《こつぜん》と消える。さっきまで紙が置かれていた場所には、銀色の指輪が二つ現れていた。

「ヒナ。手を出してください」

グーエンの手の平に左手を乗せると、薬指に指輪がはめられる。

「ヒナ。私の指にもはめてもらえますか？」

「あ、うん。薬指でいいの？」

「ええ、お願いします」

ドキドキしながらグーエンの左手の薬指に指輪をはめると、グーエンが目を細めて微笑み、わたしの左手を取って、手の甲へキスを落とした。

ふわぁぁ～っ！　なんというか、お姫様のような扱いに指先が熱を持ちそう。

「ヒナ。これから、よろしくお願いしますね」

「えっと、こちらこそ、よろしくお願いします」

そう言って、グーエンがわたしの首に触れる。カチリと音がしてチョーカーが外れ、砂のように消えてしまった。

これで、わたしは『商品』から人間に戻れたらしい。

しかし、二千万シグルという借金は相変わらず残っているはずだ。

「あの、グーエン。わたしは、二千万シグルで買われたの……結婚していきなり借金持ちの妻で、ごめんね？」

たとえチョーカーが外れても、二千万シグルが帳消しになったわけではない。どこで働いても給金から返済されると聞いたけど、どういうかたちになるのかよくわからないから、やっぱり早くお仕事を見つけなくてはいけない。

「心配いりませんよ。全てを解決する方法と言ったでしょう？　私と婚姻した時点で、ヒナの所属はヒナを買った貴族から私に移りました。それに伴ってヒナの借金も私のものになり、私の貯金から支払いがなされています」

「え？　ちょっ！　どういうこと⁉　だって二千万シグルだよ！　すごく大金だよ！」

パニックになるわたしに、グーエンは「必要経費です」と、こともなげに笑う。

二十四歳の若い人が、二千万シグルも持っているものだろうか？

詰め寄るわたしをグーエンは抱き上げる。

「ヒナ。多少の貯えが減っただけですから。また貯えればいいだけです」

「だって、大金じゃない……っ」

「私は十四歳の時から警備兵として働いてきましたし、両親の遺産もありましたから、貯金はそれなりにありました。ですから、二千万シグル使ったところで問題はありません」

「ご両親の遺産だよ？　問題大ありじゃない⁉　どうして、署名する前に教えてくれなかったの……」

教えてくれたら、結婚はしなかったかもしれない。

こんな風にされたら、わたしはどうしていいかわからない。

グーエンは、わたしに二千万シグルの価値があるとでもいうのだろうか？

「ヒナ。もう終わったことです。新婚早々に、夫婦喧嘩はやめませんか？」

「だって……グーエン。わたし、ここまで甘えてしまって、いいの？」

「甘えてください。ただ、さすがにすぐ結婚式を挙げるのは難しいので、そこは申し訳なく思いますが……」

わたしは首を横に振る。式なんて別に望んではいないし、元の世界でも今時は婚姻届だけで式は挙げない夫婦も多いくらいだ。たった一回の結婚式に大金を使うくらいなら、将来の子供の為に残すべきだと、わたしは思っている。

「結婚式はしないでいいよ。むしろ、明日のご飯の心配をして！」

「そのぐらいはありますよ」

「わたし、絶対働くから！　チョーカーはなくなったから、わたしだって働けるでしょ？」

グーエンは複雑そうな顔をして、眉間にしわを寄せている。

でも、突然貯えを失ったのに、ぐーたらな専業主婦なんてしていてはいけない。ましてやそのお金はわたしのために使われたのだから。

「ヒナ。一応、貯金残高は、まだ八百万シグルほどありますし、私の給金は決して低くはありません。どうか、家にいてもらえませんか？」

「それなら、すぐどうこうなることはなさそうだけど……でも、働きます」

「ヒナ……」

耳を下げて困り顔をしても、駄目ったら駄目だ。

わたしが働けばその分は貯金に回せるのだから、わたしが働くのは決定事項だ。それに……

「あのね。わたしが働きたい理由、お金のためだけじゃないの」

そう。わたしが働きたい理由は、まだあるのだ。

わたしを抱き上げたまま難色を示すグーエンに、わたしも腕を伸ばして抱きつく。

「あのね、わたし……お弁当屋さんになりたいの」

「弁当屋……ですか？」

わたしは大きく頷く。わたしの将来の夢だ。諦めたわけではない。

「わたし、この世界に来る前は、お料理の学校に通っていて、お弁当を移動販売する車……馬車みたいなものに乗って、働いていたの。まだ働きはじめたばかりで、でも毎日が楽しかった」

ずっと家にこもりがちで、人と関わることが苦手だったわたしが人間らしく感情を出せるように、人とのコミュニケーションを取れるようになったきっかけが、キッチンカーのお弁当だったのだ。

「わたし、いらない子だったんだ。両親には、生まれた時からお金だけ与えられて、お手伝いさんに育てられたの。覚えてるのは一人で食べた作り置きの料理ばっかり。そんな感じだったから、わたしはご飯が美味しいなんて思ったことがなくて、人との接し方が分からない子供だったの」

グーエンがわたしを驚いたような目で見て、口を開こうとして言葉が浮かばなかったのか、静かに閉じる。

わたしは、自分の両親とわたしのことを、グーエンに話した。

わたしの両親は、働くことが大好きな人たちだった。

二人を引き合わせたのは、大きな会社の会長をしていた祖父。父はその祖父に気に入られて、自分の娘と結婚して子供を作れば新しい事業への投資をする、けれど断れば権力で仕事を妨害すると脅されたらしい。母も同様に祖父に脅され、聞き入れなければ母の会社を潰すと言われ、逆らえなかったのだという。

祖父の望み通り、母はわたしを身籠《みごも》り、産み月に入った……が、祖父は急死した。

祖父の莫大な遺産は、遺産相続の書類を毎月欠かさず作成していた準備の良い祖父のせいで、祖母が管理することになった。

両親が祖父の遺産を手にするための条件は、『生まれてくる孫が高校を卒業するまで夫婦でいること』または『祖母が亡くなった場合は、夫婦二人で話し合い、孫にとって一番いい方法を取ること』だった。

祖父としては、長年一緒に暮らせば、夫婦としての情が湧くだろうという思惑だったのだろう。

しかし、母と父は一緒に暮らしながらも部屋は別々。赤ん坊のわたしの世話は全て、お手伝いさん任せだった。

七和家は、初めから家庭崩壊していた。

祖母は、何度も二人に『日南子ちゃんのために、どうにかしなさい』と、言っていた。二人はその話を聞き入れなかったし、その話をされた日は夜中じゅう罵《のの》り合いの喧嘩をしていた。

小学校四年生の時に、祖母が亡くなった。

祖母の四十九日が終わると、二人は見たこともない笑顔で、離婚した。

父には元々母以外に恋人がいて、その人と再婚して婿養子に入り、七和の名前を捨てた。

母も一年後には仕事のパートナーと再婚し、やはり七和の名前を捨てた。

わたしは一人になった。

わたしに与えられたのは、母名義のマンションの一室と通いのお手伝いさんだけ。

学校の行事で親が必要な時は、電話一本で両親の振りをしてくれる業者の人を呼ぶように言われた。そうしてわたしは、両親に見捨てられた。

愛情も他人への接し方もわからない。可愛くない子供がわたし、七和日南子だった。

中学になると身の回りのことは自分でできるようになったのでお手伝いさんがいなくなり、食事はお弁当業者が毎日玄関の箱へ入れるだけになった。

中学二年の時、学校行事で公園のゴミ拾いがあった。

そこでわたしは、公園に停まった一台のキッチンカーを見た。

サラリーマンのおじさんが、お弁当を買ってキッチンカーの店員さんと笑っていた。

「ここのお弁当を買うのが、毎日の楽しみだよ」

「ご贔屓《ひいき》にしてくださって、ありがとうございます！　明日も美味しいお弁当を作って待っています」

「明日もよろしく頼むよ」

そんな会話があるだけだったのに、わたしは笑顔で会話をする二人が羨ましかった。

わたしにとって食事というのは、顔も知らない誰かが作ったものを、寂しく食べるだけのものだったから。料理を作った人が目の前で、笑顔で手渡してくれるお弁当に、わたしは憧れた。

そのキッチンカーから漂う匂いで、初めて食べ物が美味しそうだと、感じたのだった。

それからわたしはキッチンカーに夢中になった。

お弁当業者を止めて、食費を銀行振り込みにしてもらうよう両親にお願いした。

ネットで近所にあるキッチンカーを調べ、時間がある時は電車で遠出をしてまでお弁当を買いに行った。

お客さんとして買いに行けば笑顔で対応してくれて、わたしはそれだけで嬉しくて、料理にも興味を持つようになった。高校は料理の学校に行きたいと両親に言ったところ、二人は揃って同じ言葉を言った。

「日南子の好きにしたらいい。どうせ自分には関係ないのだから」

なんて似た者同士なのか……しかし、おかげですんなりと料理の学校に行くことができた。

人生で初めての友達もそこで作って、今のわたしができあがった。

わたし、七和日南子という人物は、そこで初めて生まれたようなものだ。


「だから、わたしは……お料理を作って初めて、自分でいられる気がするの」

わたしの話を静かに聞いてくれたグーエンが頬を擦り寄せ、ギュッと抱きしめる。

「わかりました。ただ、すぐに見つかるかはわかりません。弁当屋は少ないですし、他の料理店でも、店員を募集しているとは限りませんし」

「うん。それまでは、わたしが愛情たっぷりのご飯をグーエンに作るね」

お金を節約するためにも、食材を無駄なく使って美味しい料理を作ろう。家庭を切り盛りするのも、きっと立派な仕事だ。

「ヒナの手料理……すごく楽しみです！」

「お弁当も、いる？」

「弁当ですか……今までは食堂でしたが、ヒナが作ってくれるのなら、弁当で！」

嬉しそうな表情と声が嬉しくて、わたしも笑顔で頷く。

「まずは、引っ越しをしないといけませんね」

「引っ越し？」

「ええ。今まで警備塔の宿舎で寝泊まりをしていましたからね」

そうか……結婚したのならば、二人でここに暮らすことになるのよね。

じわじわと結婚した実感が湧いてきて、ボッと顔が赤く染まる。

「ヒナ。宿舎から荷物を取ってくるついでに、ヒナの服や食料品なども買いに行きましょうか」

「あー……」

わたしは自分の服装を見て、さすがにいつまでも船で支給された、この入院患者が着るようなワンピースもどきでいるわけにもいかないことに気づいた。

手痛い出費になりそうだ。我が家は節約しなければいけないのに……せめて、ニルヴァーナ国から追い出された時に、自分の服ぐらい持たせてもらっていたら、と思わずにはいられない。

「それと、十年も放置していた家なので新しく買わなければいけないものもあるでしょうし、ヒナもなにか必要なものがあれば、遠慮なく言ってくださいね」

「なら、お台所を見てもいい？」

「ええ。ヒナの家でもありますから、自由に見てください」

グーエンに下ろしてもらい、わたしは台所を見て回る。

それほど広くはないけれど、十分なスペースがある……とはいえ埃《ほこり》が溜まっているし、まずは掃除をしなくては。食器はガラス戸の中なので大丈夫。問題は……包丁やお鍋、フライパンはすっかり錆《さ》びついているから、これは買い替えが必要そうだ。

冷蔵庫は……中身は空っぽ。少しカビ臭いけど、冷たい……どうやら、まだ魔道具としてちゃんと生きているようだ。魔道具というのは、この世界では電気の代わりに扱われている石……『魔石』と呼ばれるもので動く機械のようなものだ。

魔石は魔物を退治した時に、結晶化して出てきたり、鉱物の中から掘り出されたりするらしい。魔物から採れるものは力が強いが希少なため高値で取引され、庶民の生活で使われるものは鉱物由来のものがほとんどだ。

冷蔵庫以外にも、オーブンやコンロも魔道具だ。

こうしたものを見ると、異世界に来たのだなとつくづく思う。

「ヒナ。足りないものはありますか？」

「んーと、調理器具が錆《さ》びついているから、買い替えが必要みたい。あと、掃除をしないと使えないから、今日は料理ができないかも」

「それでは、今日は外食にしましょう。ヒナにもこの町を覚えてほしいですから、町を案内して歩きますよ」

「それは嬉しいな！　ニルヴァーナ国はご飯が美味しくなかったけど、セスタ国はどうなのか気になっていたのよね。船で出たご飯、とても美味しかったし！」

美味しいものはそれだけで人を幸せにするのよ。わたしが上機嫌で「行こう」とグーエンに駆け寄ると、ヒョイッと片腕で抱き上げられた。

「わっ！　なに？」

「まずは高いところから町を見たほうがいいと思いまして」

「うーっ、子供扱いされている気がする！」

肩を揺さぶって抗議すると、グーエンは笑って歩き出し、二人で買い物に出た。

グーエンの、ううん。わたしたちの家は、イグラシアという町のアオドリ通りというところにあるらしい。

アオドリ通りのテラス家と言えば荷物も届けてもらえるらしく、住所の記載が必要な場合も、同じようにアオドリ通りのテラスとだけ記入すればいいそうだ。

「ヒナの洋服を先に買って、着替えてから見て回りましょうか」

「服は三日分あれば着回せるから、三着ずつくらいあればいいよ」

「それはさすがに少なすぎです。時期的にはこれから暖かくなりますが、まだ肌寒い日がないとも限りませんから、着る服がないと困りますよ？」

今は春から夏に切り替わる前くらいだから、確かに少し肌寒い時もある。

グーエンがわたしの頬に手を当てながら、「可愛い服を選びましょうね」と笑って町を歩く。

すると、どういうことか……町の人たちは、ポカンと口を開けたり二度見したりしていた。

もしかして、セスタ国では抱っこしながら歩くのは、おかしな行動だったりするのだろうか？

文化の違いでタブーなことはあるだろうし、私の知らない常識があってもおかしくない。

「グーエン。なんだかすごく視線を感じるのだけど、人を抱いて歩くのは非常識なことだったりするの？」

ヒソヒソと小声で三角耳に話しかけると、グーエンはくすぐったそうに耳を動かし、ふわっと笑う。すると周囲の人々は一際ざわつき、サッと道をあけて遠巻きに見ている。

人の視線はわたしではなく、グーエンに向けられているのではないだろうか？

「グーエン。もしかして、町の人に嫌われているの？」

「嫌われた覚えはありませんが……、ヒナと一緒にいるからでしょうか」

「もしかして、人族は珍しいの？」

「決して多くはありませんが、人族もそれなりに住んでいますよ。まぁ、この国に住んでいる人族の大半は、家の中で過ごしていますけどね」

「なんで家の中？」

町の中は獣人族ばかりだなぁとは思っていたけれど、確かに人族はいない。他の種族はまばらに歩いているのに、不思議だ。

「セスタ国で人族が住民権を得るのは色々と難しいのですが、簡単に手続きをする方法が、一つだけありまして」

「もしかして、結婚？」

「ええ。しかも、番《つがい》のみ許可されています」

番《つがい》は相手の匂いがわかるだけというアバウトなものなのに、住民権を得るために偽装……なんてことはないのだろうか？

「でも、それでどうして家の中で過ごすの？」

「番《つがい》の説明はしましたよね。運命の相手ですから、番《つがい》を見つけた獣人は、それはもう番《つがい》を大事にします。自分の番《つがい》とひと時も離れたくないために、番《つがい》が勝手にいなくならないように家に閉じ込めておくんです」

家に閉じ込める？　人権侵害ではないだろうか？

わたしは閉じ込められるなんて真っ平ごめんだ。

「グーエン、番《つがい》だって偽って結婚した場合はどうなるの？」

「それはあり得ません。番《つがい》は唯一無二の存在ですし、結婚証明書には魔法がかけられていますから、番《つがい》でなければ、銀の指輪は出てきません。番《つがい》以外が結婚した場合は、白磁の指輪になるのですよ」

グーエンは左手の指輪をわたしに見せて、わたしも自分の左手の指輪を見る。

特別な指輪が、もっと特別になった気がする。

その特別な指輪を持っている番《つがい》なのに、家に閉じ込めてしまうなんて、独占欲が強すぎる。

「せっかく権利を得たのに、外に出られないなんて……」

「まぁ、それだけではないのですよ。獣人は人族よりも体の造りが頑丈なせいか、割と雑な行動をする者が多いのです。大事な番《つがい》がなにかのはずみで怪我をしたり、誰かに傷つけられたりしたら、番《つがい》である獣人は暴走しますから、血で血を洗うことになりかねません」

なるほど……グーエンが大きな狼に変身したように、他の人も獣の姿になって暴れたら、人族なんてアッサリ死んでしまうかもしれない。

「グーエンは、わたしを家に、閉じ込めたいの？」

「いいえ。ヒナのことは大事ですから、なるべく家にいてほしいとは思いますが、外を出歩くなとは言いません。それに、私の番《つがい》であるヒナに誰かが手を出すということは、この町ではありえないですからね」

「どうして、グーエンの番《つがい》だと手を出さないの？」

「私は生まれも育ちもイグラシアですから、この町の人々は皆顔馴染《かおなじ》みなのです。私はこのイグラシアの警備塔陸兵の隊長ですからね。私に喧嘩を売れば、この町では生きていけません」

なにやらわたしの旦那様が、とても物騒で邪悪な笑顔をしている気がする。

グーエンが隊長だから、周りの人たちはグーエンとわたしを見て避けているのだろうか？

「それに、ヒナにもそのうち人族が家の中にいるのには、別の理由もあるとわかるでしょう」

とても含みのある言い方だけど、外を自由に歩けるのならば今はそれでいい。食材は自分の目で見て選びたいし、早めにお店や道を覚えなきゃいけない。

「女性ものの服はここですね」

薄い萌黄色《もえぎいろ》の看板のお店は、外から見えやすいように、ウインドウに女性の服や下着が飾ってある。グーエンとわたしが店に入ると、女性店員さんが「いらっしゃいませー……ヒッ！」と、顔をひきつらせた。

女性店員さんが、グーエンに脅えているのは間違いなさそうだ。

グーエンがわたしを床に下ろして薄く笑うと、女性店員に「彼女の服を見立ててください」と、わたしの背を押す。

「はいいっ！」

可哀想な女性店員さんは、可愛らしい緑色の目を涙で潤《うる》ませ、愛らしい茶色の猫耳は下がり、尻尾はモッサリと膨れ上がっている。

「グーエン。下着とかも見たいから、外で待っていてもらえる？」

「そうですね。では、私はその間に宿舎から荷物を持ち帰る準備をしておくので、一時間後にここで合流しましょう」

グーエンはわたしの頭を撫《な》でまわすと、革のお財布をわたしに預けてお店から出ていった。

これで女性店員さんも脅えずに、わたしもゆっくり服を選べそうだ。

さすがにね、グーエンが見ている前で下着を探すのは恥ずかしいし、服に関してもシンプルなものが欲しい。「可愛い服を選びましょう」というグーエンの言葉から、趣味ではないものを選ばれそうな気がした。

「はぁー……怖かったー……」

女性店員さんは胸を撫《な》でおろす。

「あの、グーエンって、もしかして怖がられているんですか？」

ビクンッと女性店員さんの肩が跳ねて、ぎこちなく私を見た。

「グーエン隊長はねー、『氷の微笑』とか『氷の死神』とか、結構怖い渾名《あだな》があってー、まぁー、怖い人って言われているわねー。グーエン隊長が笑う時は、死を覚悟しろ！　とか、言われているぐらいよー」

「そうなんですか？　ずっとデレデレに笑顔でしたけど……」

出会った時からグーエンは微笑んでいたし、わたしは何度死を覚悟しなければならなかったのかというぐらい笑いかけられている。

女性店員さんは、わたしを上から下までわかりやすく見回した。

「あー、お嬢さんは、グーエン隊長の番《つがい》だったりしますー？」

「一応、番《つがい》だと言われてます。結婚証明書も書きました」

「番《つがい》なら、デレ甘ですよー。どんなに怖い人でも、番《つがい》の前ではデロンデロンになるそうですよー」

そういうものなのかな……まぁ、グーエンに好かれているのは、番《つがい》だからだと、わたしも思う。

わたしみたいな平凡な女のために二千万シグルも出しちゃう人だからね。

それから女性店員さんは、わたしに服を色々おススメしてくれて、服はワンピース二枚。シャツ三枚にスカート二枚。靴下は六足に、下着は上下セットで六セット、あと寝間着を二枚購入した。

下着は……ちょっとだけ可愛いのにしてみた。

シンプルなものでいいかと思ったのだけど、結婚したら……夜の生活もあるだろうし、少しぐらい可愛いところをアピールしたくて、派手ではないレースや刺繍《ししゅう》の下着を選んだ。

早速お金を支払い、試着室を借りて、七分袖のシンプルな灰色のワンピースを着る。

カントリー風で袖がロングパフになっているところが、こっそりお洒落《しゃれ》。鏡の前でくるくる回って、久々の新しい服に目を細める。

試着室を出ると、グーエンがお店に戻ってきていて、なにかを買っていた。

「ヒナ。いい服は買えましたか？」

「うん。早速、着替えちゃったよ。グーエンはなにを買ったの？」

グーエンは紙袋を開くと、中のエプロンを見せて「ヒナのお料理用に」と言ってくれた。

「ありがとう！　嬉しい」

「ヒナに喜んでいただけて、何よりです」

ちゃんとわたしがお料理をすることを考えて買ってくれたことが嬉しい。

グーエンにお財布を返そうと差し出すと、首を横に振られた。

「何かと入用になるかもしれませんから、その財布はヒナが自由に使ってください」

「でも、グーエンのお財布は？」

「ちゃんとこっちにありますから、大丈夫ですよ」

グーエンは少し大きめの革袋を取り出して、お店のレジの横で売っていた水色のリボンを一つ購入すると、わたしに手渡した。

「前にあげてから、ずっと付けていてくれていましたから。嫌でなければどうぞ」

「ありがとう。海でなくしちゃって、残念だなって思っていたの」

早速いそいそとポニーテールにしたところ、「可愛いっ！　いえ、可愛いですっ！」と、興奮気味に食いついたので、グーエンはポニーテールが好きなのかもしれない。

洋服店を出ると、先ほどより日が沈み、オレンジ色と青みがかった空のグラデーションができていた。

グーエンと一緒に公園の周りの、屋台村のように露店がひしめき合っている場所に来た。

屋台の近くは休憩所になっているのか、テーブルと椅子が置いてあり、人々はそこで露店で買ったものを食べて、楽しそうにしていた。

「グーエン。今日はお祭りかなにかなの？」

「いいえ。ここでは、外食といえばこんな感じでして。ちゃんとしたお店もありますが、ヒナは、色々選んで食べたいのではないかと思い、こちらにしました。明日の朝食もここで買えますしね」

「へぇー。グーエン、わたしお腹空いてる！　魚介類がいいです！」

元気に声を出して手を上げると、グーエンは笑って頷く。

「ヒナの好きなものにしましょう。ヒナは辛いものや酸っぱいものなど、好みや苦手なものはありますか？」

「わたしはなんでもイケる口だけど、一番好きなのは甘辛い感じのものかな」

「それでは、海老のフリットはいかがですか？　甘ダレが絶品です」

「美味しいなら、それをお願い！　ふふーっ、作るのも好きだけど、食べるのも好きだから楽しみ」

屋台の中でジュワーッと、美味しそうな音を立てる揚げ物屋さんへ行き、わたしの拳ぐらいの大きさの海老を竜田揚げに似た衣で揚げ、醤油ベースのとろみのある甘ダレをかけたものを渡される。底に油紙を敷いた硬い紙の箱に入っていて、ハーブとレモンが添えられている。

結構なボリュームがありそうだ。

「あとはおススメとしては、海鮮を入れて焼いた麺も美味しいですよ」

「ならそれも！　あっ、でも、グーエンも食べたいものを食べてね？」

「ええ。朝食もいい感じのものがあれば、買って帰りましょうね」

「うん。朝はパンがいいなぁ」

二人で屋台を覗きながら色々と物色して回り、休憩所で買ったものを食べていると、仕事終わりの人たちがだんだんと多くなり、酔っ払いも増えはじめた。

賑やかな居酒屋を彷彿《ほうふつ》とさせる光景に、この国は賑やかで明るい人が多いようだと思った。

「ヒナ、美味しいですか？」

「うん。この海老のプリプリでサクサクな食感と、甘ダレに爽やかなハーブとレモンの意外な出会いの風味……考えた人は天才っ！　海鮮麺もモッチリ食感なのに、スルスル入っちゃう魅惑の美味しさ！」

「ヒナは食べるのが好きですね」

「うん！　成人したあかつきには、お酒を片手に美味しいものを食べたいの！」

「この世界では十六歳で成人ですし、お酒も十六歳から大丈夫ですよ？」

魅惑的な情報だけれど、わたしとしては、しっかり二十歳でお酒を解禁したい。

「あと一年我慢する！　ふふーっ、二十歳になったら、一緒にお酒を飲もうね？」

興奮気味にグーエンに顔を近づけると、唇の横をチュウッと吸われて「ソースが付いていました。ご馳走様です」とにっこり笑顔で言われ、目を白黒させてしまった。

公園の屋台を堪能して家に戻ると、庭には木箱が置いてあった。

グーエンの宿舎の荷物で、部下の人が置いていってくれたらしい。不用心では？　と思ったのだけど、獣人は鼻がいいので、こうして庭に物を置いておくだけでも気づかないということはなく、仮に誰かに盗まれたとしても匂いを嗅ぎ分けて犯人を捕まえてしまうので、問題がないのだという。

「ヒナ、朝食をテーブルに置いておいてもらえますか？　私は荷物を家の中へ運びますから」

「はーい」

わたしは朝食用に買ったパンを、冷蔵庫に入れる。

カスタードクリームの上にフレッシュなイチゴを載せたデニッシュと、オレンジのゼリーを混ぜ込んだホイップクリームの入ったコッペパンはわたしの朝食。グーエンのパンは、大きめのカンパーニュにトマトとチーズ、ハーブチキンを挟んだものだ。

明日が楽しみである。

美味しいご飯で、朝から元気に過ごしたい。

「楽しそうですね。二階のベランダのある部屋にクローゼットがありますから、買った服はそちらに入れるといいですよ。お風呂の準備をしておきますから、着替えを準備して入浴してください」

「先に入っちゃっていいの？」

「ええ。私は自分の荷物を整頓しなければいけませんから」

「では、お言葉に甘えて、先に入らせてもらうね」

買った洋服を二階に運び、ベランダ側の部屋に置いてあるクローゼットを開けた。

空っぽのクローゼットにはハンガーだけが残されていた。

服をハンガーにかけ、着替えを持って一階のお風呂へ向かう。

ニルヴァーナ国では毎日入っていたけど、本来それはお金持ちにだけ許された贅沢だった。セスタ国ではどうなのだろう？　獣人の国というから少し心配だったけれど、不衛生な臭いはしないし獣臭さもない。

むしろニルヴァーナ国のほうが、人々の臭いはひどかった気がする。

お風呂に入ると、シャンプーやボディーシャンプーは、ニルヴァーナ国のものより、わたしの元いた世界のものに近い。香りが控えめなのは、獣人は鼻がいいからかな？

でも、お風呂が贅沢なものなら、節約のためにも入る回数を抑えたほうがいいのではないだろうか。

そんなことを考えて入浴を済ませて、グーエンにお風呂のことを聞いたら、「獣人は匂いに敏感なので、お風呂は各家庭にありますし、水路も整備されているので、贅沢品ではありませんよ」とのことだった。

日本生まれのわたしとしては、毎日お風呂が入れる生活はありがたい。

「グーエンもお風呂、どうぞ」

「ええ。お風呂上がりに、お茶でも一緒に飲みましょうか？」

「うん。それじゃあ用意しておくね」

グーエンがお風呂に入ったのを見届けると、戸棚からティーポットを出して、二人分のカップを用意する。

お湯を沸かして、ティーポットに茶葉を入れてお湯を注ぎ、三分待つ。その間にカップにお湯を注いで温める。お湯を捨ててから、一度お茶をカップに注いで色と香りを確かめて、注ぐ。

「うん。いい香り」

クッキーにも似た、カモミールの甘い香りが鼻に広がる。

この国では、お茶はカモミール系のものが主流で、食べ物は辛いものより甘いものが好まれるらしい。

買い物中にグーエンが色々と教えてくれて、獣人向けに料理を作る時のアドバイスをくれたのだ。わたしが働くことを心配しているけど、こうして親切に教えてくれたりして、わたしの意思を尊重してくれているのが伝わってきて、とても嬉しい。

お茶を先に飲んでまったりとしていると、なんとなく手持ち無沙汰になった。

ニルヴァーナ国では仕事をして、帰って、食事を作って、お風呂に入って、寝る。と、そういったサイクルで生きていたから暇だと思うことはなかったけれど、やることがないと意外と暇だ。

この世界にはスマートフォンやテレビがないから、こうした時になにをしていいのかわからない。そのうち慣れてきたら、なにかやれることが見つかるだろうか?

お茶を飲んでしばらくすると大きな欠伸《あくび》が出て、ウトウトしている間に眠りに落ちていた。


パチッと目を覚ますと、目の前にはうっすらとカーテンの間から漏れる光に照らされた、銀色のサラサラの髪をした美形《グーエン》の寝顔があった。グーエンはわたしの背に腕を回してしっかり抱き込んでいる。

わたしの手はなにかを掴んでるようで、とりあえずその手を放すと、グーエンの尻尾が自由になってパサパサと揺れた。

グーエンの腕を持ち上げて上半身を起こし、両手を上げて大きく伸びをする。

周りを見て、そこが二階の寝室にあるベッドの上だと確認すると、そろそろとベッドから出ていく。

クローゼットを漁《あさ》り、着替えてからベッドのほうへ戻り、ベッドサイドに置かれた水色のリボンを手に取った。髪を手櫛《てぐし》でポニーテールにして、リボンを巻きつける。

「……ん、ヒナ？　起きたのですか？」

「おはよう。グーエン、昨日は先に寝ちゃったみたいで、ごめんね？」

「いいえ。よく寝ていましたし、少し気が張っていたのかもしれませんね」

「そうかな？　今日はお部屋の掃除をしたり、台所用品を買いに行ったりしたいのだけど、大丈夫？」

目を細めてグーエンは頷き、わたしの腰に手を回す。

寝ぼけているのか、幸せそうにわたしのお腹に顔を埋めている。

本当にこの人は、町の人に『氷の微笑』とか『氷の死神』などと物騒な名で呼ばれている人なのだろうか？

どう見ても、甘えたがりな美青年だ。

「ふふっ、ヒナ」

「どうかした？　グーエン」

「いえ。ヒナと毎日こうしていられるのだなと、思いまして」

幸せそうな声を出して、尻尾も嬉しそうに揺れている。顔を上げたグーエンはチュッと、軽く触れるキスをして、ベッドから起き上がる。

「さて、私も着替えてから下に行きますので、朝食を食べたら、出かけましょうね」

「う、うん」

朝からキスするなんて……恥ずかしくて、顔が熱い～っ！

逃げるように階段を下りると、後ろでグーエンがクスッと笑う声がした。

ううっ、でもこうした毎日が続くのかぁ……うん。悪くない。

わたしは両親のようにはならない。グーエンから溢れ出る『好き』という気持ちが、わたしにも感じられて、幸せだ。

グーエンが一階へ降りてきて、昨日買ったパンをリビングで一緒に食べる。

「そういえば、わたしがここで寝ちゃったのを、二階へ運んでくれたの？」

「ええ。気持ちよさそうに寝ていましたし、ベッドに下ろしたら私の尻尾を掴んで放してくれなかったので、そのまま私も寝ました」

「うぐっ！　ごめんなさい」

人様の尻尾を握りしめて寝るなんて……確かに、グーエンの尻尾は触ってみたかったけど、無意識に掴んで寝ている間も放さないなんて、どれだけ触りたかったのやらだ。

「別にいいですよ。でも、私以外の尻尾を勝手に握ってはいけませんよ？　獣人の尻尾は感情そのものです。触っていいのは、恋人や夫婦ぐらいですからね」

「はい。って、じゃあグーエンの尻尾なら、触り放題？」

「ええ。触り放題ですが……人前ではあまり触っては駄目です。夜のお誘いの意味がありますからね」

　夜のお誘い？　うん？　……って、そういう意味!?

　グーエンの尻尾に伸ばそうとしていた手をバッと上げてあわあわするわたしを見て、グーエンは口元を押さえて笑う。おかげでわたしがますます恥ずかしい思いをしたのは言うまでもない。

「ヒナ。耳まで赤くて、可愛いですね」

　ふぅっと耳に息を吹きかけられて、「にゃぁん！」と妙な声が出てしまった。グーエンが手を伸ばしてわたしの耳を触ると、ゾクゾクと肌が粟立《あわだ》って、腰とお尻の間に電流が走る。

　指でコリッと耳をいじられ、また「ひゃんっ！」と声を上げる。

「もしかして、ヒナは耳が弱いのですか？」

「し、知らないっ。でも、やめ、ひぃんっ！　ちょっ……グーエンッ」

　グーエンが耳に歯を立てて、カプッと食《は》む。

　体の奥から力が抜けそうで、声を荒らげたが聞き入れてもらえず、グーエンの腕に引き寄せられて、耳をぺろりと舐められると、腰が砕けそうになった。

「ひゃぁ……ぁあっ、も、やめて……はぅ」

「あと少しだけ、いいでしょう？　ヒナ」

耳元で低く通る声に囁かれて、ゾクゾクして背筋がまた変な感じがする。

口から出る息が荒くなって、これ以上はもう無理と、渾身《こんしん》の力を込めてグーエンのお腹に拳を打ち込む……が、硬い腹筋に阻止されて、ダメージは通ってくれなかった。

「グ、グーエン、お、お買い物、行こうよ」

「そう、ですね……残念ですが、ヒナを泣かせるのは不本意ですし」

そう言ってグーエンは耳から口を離してくれた。わたしは目に少しだけ溜まった涙を指で拭く。

背中がまだ疼《うず》くようで、くすぐったいとも、なんとも言えない変な感じだ。

「グーエン酷いよ。やめてって言ったのに……」

「つい。ヒナが可愛い反応をするので」

「もぉー！　グーエンの弱点を教えなさい！」

このままではわたしだけが恥ずかしい思いをしたから割に合わないと抗議すると、グーエンは目を上に向けて考えてから「仕方がないですね」と微笑む。

「私は、首を舐められたり、吸われたりするのは、苦手です」

「じゃあ、覚悟しなさい！」

「お手柔らかにお願いしますね」

絶対、ヒイヒイ言わせて、わたしにした仕打ちを思い知らせてやる！

グーエンの膝に跨《また》がって、グーエンが差し出した襟元に顔を埋める。

首筋に舌を這《は》わせると、自分とは違う香りがした。同じシャンプーとボディーシャンプーなのに、男性らしい清涼感のある匂いがする。

チューッと強く吸いつき、舌でペロッと舐めると、グーエンは声を抑えるように口元に手を当てていた。顔が少し赤い。

よしよし。これでわたしが受けた辱《はずかし》めがわかったかな？　でも、お仕置きだから、もう少し吸いついておこう。

位置をずらして吸いついては、甘噛みをする。

「うぐ……っ」

グーエンがくぐもった声を出し、わたしはフフーンと、笑う。

そして口を首筋から離すと……グーエンの首筋には、赤や紫の鬱血痕《うっけつこん》が散っていた。

……これは、キスマークというのでは？

「ヒナ。素直すぎますよ？」

「ふぅわぁ！」

「すみません。揶揄《からか》い過ぎましたね」

ぷるぷると震えたわたしが「グーエンッ！」と大きな声を出したのはすぐのことだ。

イグラシアの商店街が建ち並ぶ一角で、わたしたちは黒い看板に金色の包丁マークが描かれた金物屋さんに来ていた。

ここに来るまでに色々と回っていて、夏用の薄掛けの布団や毛布、バスタオルやフェイスタオルなどの細かい日用品も買った。

それと庭が荒れ放題なので「庭を綺麗にしたら、お料理に使うハーブや野菜を花壇に植えていい？」と、聞いたらグーエンはハーブの苗木をどっさり買ってくれた。帰ったら早速花壇の手入れをして、苗木を植えなければいけない。

荷物は各店ごとに家まで配達してくれるから、手ぶらで買い物ができて助かる。

金物屋さんには、業務用の大きな鍋から片手で使えそうな小さな鍋までズラリと並んでいる。調理器具や農機具がお店の天井から床までところ狭しと並び、奥の別室には武器なども置かれているらしい。

わたしは自分の手に馴染《なじ》む調理器具を探すために、一つ一つ手に取っては唸《うな》って、店内を吟味して回る。

そんなわたしの後ろを、グーエンが犬のようについてくる。

「グーエン。別にわたし一人でも大丈夫だよ？」

「好きでこうしているので、気にしないでください。手の届かない位置のものがあれば、言ってくださいね」

確かにそれは助かる、と思いながら背の高いグーエンを見上げ、手に持ったフライパンを振る。重さと持ち心地を確かめるのは大事だ。

「フライパン一つでも真剣ですね」

「それはそうだよ。長く使う相棒は、じっくりしっかり見極めなきゃ」

「そうですね。長く、私に手料理を作ってくれるのですしね」

まぁ、そういうことになるだろうけど、そんな風にいつでも蕩《とろ》けるような笑顔を向けないでほしい。顔のいい男性というのは、微笑むだけで危険だ。

主にわたしの心に笑顔がサクサク刺さって、胸がきゅんっと高鳴ってしまうじゃない。

その時グーエンが足を止めて、耳をピクピクと動かす。それから溜め息を吐き、肩を落とすと、わたしのおでこにキスを落とす。

「ひゃっ！」

「ヒナ。少しだけ、野暮用ができてしまいました。店の中にいてください」

それだけ言うと、グーエンは足早にお店を出ていってしまった。

なにかあったのかな？　まあ、待っていろと言われたのだから、わたしは大人しく買い物をして待っていよう。

手にしっくりくるフライパンを見つけてホクホク顔で奥へ行くと、ガラスケースにズラリと包丁が並んでいた。

「ふわぁ……っ」

刺身包丁は、港町だから魚を捌《さば》くこともあるだろうし、必要かもしれない。並んでいるのは細身のものから、どんな巨大魚でも切れそうなノコギリ型の包丁まで！　刺身包丁だけでも品数が多い！

他にも色々な種類の包丁があって、鉈《なた》包丁はあまり使わないけど、お肉をダンダンと景気よく切るのには憧れがあるし、パン切り包丁も誰が使うのよ？　と、ツッコみたくなる長さのものまであるじゃない！

「ああっ、ここは楽園なのかしら？」

この金物屋さんは包丁の種類が豊富で素晴らしい！

だけどまずはオーソドックスな包丁を手に入れないと。三徳包丁、出刃包丁の二つは欲しい。

あっ、果物ナイフも細かい作業をするのに欲しいな。

ズンズンと奥へ行くと鎌やスコップもあって、庭の手入れをするならこれも必要よね……と物色していたら、いつの間にかわたしの手には刃物ばかりが揃っていた。

「オジサン。これ全部でいくらぐらいになります？　いっぱい買うから、値引きとかオマケをしてほしいなーって、思っているのですけど……」

お店のカウンターに包丁やフライパンを並べ、お店のオジサンにすりすりと手もみしつつ値引き交渉をしてみる。

丸い灰色の耳に肌色の長い尻尾、おそらく鼠の獣人なのだろう。

「そうだねぇ。研《と》ぎ石一個でよければ、オマケしてあげようかね？　シシッ」

シシッと笑うオジサンにぐぬぬ、と思いつつも、確かに研《と》ぎ石も欲しいところだ。

「じゃあ、パン切り包丁も買うから、値引きして！」

「値引きねぇ……なら、パン切り包丁はオマケしてやろうさね。好きなのを持っておいで。シシッ」

「やったー！　実はパン切り包丁、買おうか迷って、持ってきていたの！」

「あっ！　一番高いヤツじゃないかい！」

ふふーっ。わたしはオジサンにパン切り包丁を差し出し、「オジサン良い人ぉ〜」と、上機嫌でよいしょしてみる。

「まぁ、大量に買ってくれるみたいだし、いいさね。家に届けるかい？」

「うん。テラス家にお願い。アオドリ通りのテラスです」

「テラス家……警備隊長の家だね。親戚かなにかかい？　シシッ」

「親戚というか……身内になるのかな？　グーエン・テラスの妻です！」

その時、お店のドアが開いて、グーエンが嬉しそうに「ヒナ！」と、笑顔で駆け寄ってきた。

「オジサン、この人が夫です」

「チュウウーッ！」

バタンと音を立てて、おじさんは白目を剥《む》いて倒れてしまった。

「わーっ！　グーエン、お店のオジサンが!?」

グーエンの腕を掴んで「どうしよう!?」と騒ぐと、「そんなことより、ヒナの口から妻や夫という言葉が出るのは嬉しいですね」と嬉しそうなグーエンに羽交い締めにされた。

喜んでいる場合じゃないと思う。警備隊長、目の前で市民が倒れていますよ!?　わたしがぎゃあぎゃあ騒ぎ立てると、仕方がないとばかりにグーエンがオジサンを掴み上げる。

「ネズミ。貴方、またなにかよからぬものを仕入れたのではないでしょうね？」

「チュー、チュウ……そんなことは、ないですよう。嫌ですよう、隊長さん。シシッ」

あっ、オジサンの目が泳いでいる。これは嘘をついている悪い顔ですね？

グーエンも半目でオジサンを見つめている。

「目を泳がせた時点で、貴方の負けです。少しの間、貴方を凍らせて店中をひっくり返して探してもいいのですよ？」

「それは勘弁してほしいさね。ちょっと安かったから、輸入ギリギリの量のカデロン灰を仕入れただけさね」

「カデロン灰？」

「カデロン灰というのは、研《と》ぎ石などより綺麗に仕上げられる研磨剤の材料です。輸入量が決まっているものですが……ふむ。それでは確認してみましょうか」

グーエンが笑顔でオジサンを店の奥へ連れていき、オジサンの「チュウウウウウ！」という悲鳴が店に響いた。

わたしがついていかなかったのは、笑顔のグーエンから冷気を感じたからだ。これが『氷の微笑』たる所以《ゆえん》なのだろう。

「これに懲《こ》りたら、嘘はつかないことですよ」

「チュー……隊長は融通《ゆうずう》が利かないさ。そんなんじゃ嫁さんに逃げられちまうさ」

「ほう。注意だけで済ませてあげようと思いましたが、警備塔で絞られたいようですね？」

「チュウウ！」

「グーエン。あの、オジサンを許してあげて、欲しいな。だめ……かな？」

上目遣いでお願いすると、「ヒナが言うなら」と、グーエンはオジサンから手を放した。

「オジサン、よかったですね。……で、オマケ、してくれます？」

にっこり笑顔でオジサンに交渉を持ちかけると、全品半額で購入できた上に、オマケとしてハサミやフライ返しなどの調理器具も付けてもらえた。

いい買い物ができたとにっこりしていたわたしは、オジサンに「氷鬼嫁」とありがたくない渾名《あだな》をもらったのだった。

金物屋を後にしたわたしたちは、公園のベンチで一休みすることにした。

グーエンの膝の上に座らせてもらって、手には屋台で買った薄桃色のグァバジュースを持つ。そこにグーエンが指先から氷を出して入れてくれた。

「グーエンの氷は便利だね」

「夏場は、特に重宝されますね」

ああ、確かに夏場に氷の魔法は最適だろうなぁ。

氷の入ったジュースをカラカラと手で回して、チビチビ飲んでは甘酸っぱさにふるりと震える。目の覚めるような甘酸っぱさは、頬っぺたにキューッときて唾《つば》が出そう。

「そういえば、さっき野暮用って金物屋から出ていったけど、なんだったの？」

「うちの部下と海兵が揉《も》めていた声がしましたので、軽く氷を投げつけてきました」

「……それは、大丈夫なの？」

グーエンはそれに答えずただ笑顔を向ける。『氷の死神』というのは、こういうところなのかも？

部下の人も海兵の人も大変そうだ。

そうしてのんびりと休憩をしているところへ、空から水色の物体が下りてきた。

「グーエン隊長。イチャついている場合じゃないです」

水色の鳥は人のかたちになり、グーエンの部下、シャマランの姿になった。

「私は今日は休日です。どこでなにをしようと勝手なはずですが？」

不機嫌な声になったグーエンに、シャマランも負けずに不服を訴える。

「グーエン隊長が海兵に喧嘩を売ったから、陸兵が責められているんですよ！　おかげで例の海難事故の処理までこっちに押しつけられているし……」

「やればいいでしょう？　なにか問題がありますか？」

「大ありです！　事故の参考人は海兵側が引き取っているのに、遺体はこっち、残骸処理もこっち！　その状態で海難事故についての詳しい調査資料を作成しろとか言うんですよ！」

「事故の残骸から、なにが起きたかを推理すればいいじゃないですか」

「残骸はほとんど回収できていないんですってば！　事故に遭った人の話を聞かせてもらえたら別ですけど、それは海兵が拒否していますし、海に出て残骸を拾い集めようにも、海兵は船を貸してくれないし！」

ワーッとシャマランがまくし立て、グーエンが眉間にしわを寄せる。

あの海難事故に関してはわたしも当事者だから、協力できるんじゃないだろうか。そう思い、手をピコピコと上げてみる。

「どうしました？　ヒナ」

「一応、わたしも生き証人なのだけど……」

「そういえば、ヒナコはグーエン隊長の預かりになっていたから、話を聞けてなかったや」

「協力するよ。船の事故だよね？」

グーエンがわたしを探すために海兵の船を奪ったのが海兵と揉《も》めている原因だから、わたしにも関わりがある。

「まぁ、ほぼ見当はついてるんだよ。クラーケンが船を襲った……って、ことでしょ？」

わたしは頷き、グーエンも頷く。

「わかんないのはさ、どうして魔物除《よ》けの魔道具が機能しなかったのかってことなんだよ。普通の船ならなにかあった時のために最低二つは用意するから、たとえ一つが壊れたって問題ないはずなのに」

「それは私も気になりましたね。あの海域はクラーケンの生息域ですが、異常発生していたわけでもなく、たった一匹なら魔物除《よ》けの魔道具があれば近寄らないはずですからね」

シャマランとグーエンの言葉にわたしは、クラーケンに襲われた時に船で聞いたことを思い出す。

「あっ、思い出した！　魔物除《よ》けの魔道具、ニルヴァーナ国で買ったもの全てが不良品で使えないって、船員さんたちが騒いでいたよ！」

そしてあのあと、ヤケクソのようにクラーケンに攻撃をしたり、逃げ出したりする船員たちで、船はごった返していた。

「ヒナ。それは確かですか？」

「うん。確かに船員さんが話しているのを聞いたよ」

グーエンが眉間にしわを寄せ、シャマランも口元に指を当てて考え込んで、二人とも難しい顔をしている。

カラン……とコップの中の氷が小さく音を立てて、わたしは残ったジュースを飲み干した。

「これは、生き残った人間に話を聞いて、裏を取る必要がありますね。沈んだ船から魔道具の回収を急がせてください。それと、ニルヴァーナ国に調査員を派遣して魔物除《よ》けの魔道具を購入させましょう。買ったもの全てに不良があったとなれば、大きな問題があるのかもしれません」

「ですね！　僕は団長に話をしてきます！」

「団長の指示を仰いでください。海兵も、団長の指示なら従うはずです」

「これなら、グーエン隊長が第一線に戻るのもすぐですね！」

「あ……それは、まずいですね」

「グーエン隊長……」

わたしを抱きしめて、はぁと溜め息をつくグーエンに、シャマランは呆れた顔をしている。

「ヒナとの新婚生活をまだ満喫し終わっていません……」

グーエンは首をガクリと落として、わたしの頭に顔を埋めた。

肩をすくめたシャマランは、「じゃあ、僕は行きますからね！」と呆れた声を出し、背中から翼を広げて飛び立った。

「グーエン、お家に帰ろうか？　買った荷物が届いているだろうし、花壇にハーブの苗だけでも植えないと」

「もう少し、のんびりしたかったのですが……」

「でも、グーエンがお仕事したほうが部下の人たちも安心だし、わたしも安心するよ？」

「そうですね。ヒナに苦労をかけるわけには、いきませんからね」

グーエンはしっかりしているから、生活に困るとか苦労する心配はしていないけれど。

手を繋いで歩き出し、わたしの歩幅に合わせてゆっくり歩いてくれるグーエンに、笑いかける。

「ふふーっ、グーエン。わたしの愛妻弁当の出番は、近そうだね！」

「愛妻弁当……そうですね。凄く楽しみです」

他愛ない話をしながら、家までもうすぐというところで、わたしは不意に思い出した。

「そういえば、暁さん、今頃どうしているかな？」

ぽつりと呟いて、少しだけ悔しい気持ちもまだあってか、わたしは小さく唇を噛んだ。

わたしを巻き込んでおきながら一人置き去りにして帰っていった彼は、どうなっているのだろう？

きっと勇者の武具を身につけたまま元の世界に帰ったのだろうから、あの白い鎧《よろい》で会社に戻って、恥ずかしい思いをしたんだろうと思うと、少しだけ溜飲が下がる。なんて意地悪なことを考えたりした。

わたしのいなくなった『箱弁小町』で、また毎日のようにお弁当を買って、売り上げに貢献してくれたらいいや。

「ヒナ……、勇者アカツキが、気になるのですか？」

「そうだね……少しだけ、ね」

でも、悔しがったところで、グーエンと結婚したわたしは、ここで暮らすことを選択するだろう。

だってね、思ってみれば、元の世界に置いてきたものに未練がない。

わたしの夢はキッチンカーでお弁当屋さんを開くことだけど、ここでもそれはできるんじゃないかな？　って、思うのよね。

人間関係に関しては、両親は没交渉だし、友人もそれぞれの道を歩き始めているから、会う機会もほとんどない。仕事関係は……『箱弁小町』の白瀬さんぐらいだ。

寂しくないと言えば嘘になるけれど、友人も白瀬さんも、わたしがいつか独り立ちしてお弁当屋さんを開くのを応援してくれていたから、この世界で夢を叶えることも応援してくれると思う。

「ヒナは、元の世界に帰りたいと、思ったりしますか？」

グーエンは自信なさげに尋ねるのに、わたしは首を振ってみせる。

「わたしはグーエンと一緒に新婚生活を始めたばかりだから、これからどんな毎日になるのか、楽しみで仕方がないよ」

「よかった……ヒナがそう言ってくださるなら、私も安心しました」

ふわっと笑い合うと、グーエンが抱き上げてくる。自然と顔が近づき、目を閉じると唇が重なった。

目を開けて唇が離れると、恥ずかしいよりも、もう少しくっついていたいと思ってしまう。なんだか気持ちがほわほわと温かい感じがする。

アオドリ通りを進み、家が見えてきた時、庭には既に買った荷物が届けられていた。

そして、なぜか紺色の軍服を着たノニアックさんが庭に立っていた。

「こんなところまで足を運ばれるとは、海兵の隊長さんは、よほどお暇なようですね？」

グーエンの棘《とげ》のある言葉にギョッとしてノニアックさんを見ると、額に青筋が浮き出ている。

ひいっ！　こんなところで喧嘩はやめてほしい。

見上げたグーエンの顔は、目が笑ってない。お腹の奥にズンとくる、知らない人の顔だ。

誰だ！　この笑顔なのになんの感情もない、人形みたいな顔の人は⁉

背筋がゾクゾクして、グイッとグーエンのシャツを引っ張ると、アイスブルーの瞳がわたしを見つめ、氷が溶けるように表情が戻ってくる。

「ヒナ。仕事の話かもしれませんから、家の中で待っていてもらえますか？」

「あっ、わたし、花壇を整えてハーブを植えたいから、中で相手をしてあげたほうがいいと思うのだけど……お客さんでしょう？」

「ヒナ。別に客ではありません。招かざる客というやつではありますが」

グーエンがわたしを地面に下ろしてノニアックさんを睨みつけると、周りの空気が冷凍庫を開けた時のようにヒヤッとした。

シャマランが言っていたけど、二人は本当に仲が悪いようだ。

「用があるのは、その少女だ」

ノニアックさんに睨まれてわたしが身を強張らせると、グーエンが立ちはだかる。

「やはり、招かざる客のようですね。ここは私有地です。お帰りください」

「グーエン・テラス！　身勝手な行動は、慎むべきだと思うが？」

「身勝手と言うのならば、海難事故の処理を陸兵に押しつけながら、嫌がらせのように生存者への事情聴取すらさせない、貴方のほうがよほど身勝手では？」

ギッとお互いに睨み合って、今にも火花が飛び散りそうだ。

グーエンの後ろから顔を覗かせたわたしを見て、ノニアックさんは一層眼光を鋭くする。

「……グーエン・テラス。お前、『商品』を帳消しにしたのか!?　その少女は、ニルヴァーナ国と貴族の間で『商品』にされた者だろう。すぐさま、戻せ！」

商品……わたしは、まだ商品、なの？

目の前が暗くなって、心臓がギュッと痛みを訴える。

「貴方の指図は、受けません」

キィインと耳鳴りがしたと思ったら、辺り一面が氷でコーティングされていた。

「いくら隠そうと、生存者からいずれその少女の情報は洩れる！　貴族を怒らせればどうなるか、わからないわけではないだろう！　このイグラシアの港町に厄介ごとを持ち込む気か！」

わたしがこの町にいると……厄介ごとが起きる？　指先から温度がなくなるように、冷たくなっていく。

「ノニアック・マーカー。これ以上、私を怒らせるなら……跡継ぎでも作って出直しなさい。でないとマーカー家は貴方の代で途絶えることになりますよ」

空気中にピキピキと音が響き、尖《とが》った氷の刃がノニアックさんの周りを包囲していた。

「……っ！　グーエン・テラス！　精々今のうちに、その『商品』との別れを惜しんでおけ！」

「どうとでも。私の妻を『商品』扱いしたことを後悔する前に、消えてください」

氷の刃がノニアックさんに放たれると、ノニアックさんは赤毛の狐に姿を変えて攻撃を避ける。

逃げる前に、わたしとグーエンを睨みつけていった。

「ヒナ、寒くはないですか？」

わたしが首を小さく横に振ると、グーエンの顔が近づいてきて、唇が重なる。

温かい唇には、しっとりと濡れた感触があった。

「唇が冷たくなっていますね。家の中で温かいお茶でも飲みましょう」

グーエンの優しい声に、鼻の奥がツンと痛くなって、涙で視界がぼやけていく。

この世界は、わたしに優しくない。わたしが落ち着ける場所を見つけても、結局奪われていく。

わたしがイグラシアの町にいることは、歓迎されない。

グーエンの生まれ育った場所を、わたしのせいで滅茶苦茶にしちゃいけない。

だから、決断をしなきゃいけない。

家の中に入ってリビングの椅子に座らせてもらうと、グーエンが台所に行って、お茶の準備を始める。

出されたお茶にはミルクとハチミツが入っていて、甘くて優しい味が口の中に広がった。

「荷物を運んでしまいますね。ヒナはゆっくりしていてください」

グーエンはわたしの頭を撫《な》でると、庭と玄関を往復して、買ったものを次々と運び入れる。リビングからその様子を見て、今日わたしがこだわって買ったフライパンや包丁も、使うことなく終わるのだな……と、心は沈んでいく。

わたしがこの家からいなくなったら、グーエンは宿舎に帰るのかな？　二千万シグルも払わせて、それ以外にも無駄な出費ばかりさせてしまった。

わたしが貴族のところへ行けば、二千万シグルはグーエンに返るだろうか？

最初から、逃げ出すなんてできなかったんだ。これが、わたしの運命だったのかもしれない。貴族のところへ行って、剥製《はくせい》にされるだけ……死ぬのは怖い。

でも、これ以上グーエンに迷惑はかけられない。結婚して、まだたった一日。出会って一緒に過ごした回数も数えるほどだから、一年もしたらきっと忘れられるはず。

グーエンは格好いいから、すぐに新しいお嫁さんを迎えられるよ。

「ヒナ。荷物を運び終わりましたが、どこに配置するかは、ヒナに任せてもいいですか？」

「うん。明日でもいいかな？」

「ええ。ヒナの好きな時にやってください」

使わなければお店に返品できるだろうから、そのままにしておいたほうが良いよね。

そのほうがグーエンの手間もかからないはず。

優しく笑うグーエンに笑い返すと、尻尾が嬉しそうに揺れる。

なにもお礼はできないから、せめてグーエンの思い出がいいものになるといいな。ほんの少しの間、心の中にわたしを留めて置いてくれたら、嬉しいなぁ。

隣に座ったグーエンは、わたしの頬を触ってくる。

「温まってきたようですね」

微笑んだグーエンに顔を近づけて、ゆっくりと唇を押し当てる。

「唇も、温かいでしょ？」

わたしは今、上手に笑えているだろうか？

わたしがキスをしたせいか、グーエンの思考回路が少しばかり停止したようだった。

それを見たら、なんだかおかしくてクスクス笑うと「いけない子ですね」とグーエンも笑って、わたしにキスをしてきた。

「グーエン。好き、だよ」

言葉にしたら、切ないほどに愛おしくなる。そして、同時にチクンと胸が痛い。

甘い気持ちと痛みが胸に広がって、グーエンが好きだと自覚した瞬間に、もう一緒にいられなくなることが悲しくなった。

「私も、ヒナが好きです」

喉の奥が痛くて、泣きだしそう。

大きくて温かい手が頬を包むように添えられて、啄《ついば》むような口づけを角度を変えて、何度も交わす。

キスされる度に、胸がチクチクと痛んでしまう。

ごめんね、グーエン。

思い出が欲しいのは、わたしのほうだ。

グーエンの心にわたしが残ればいい、なんて思ったけれど、本当はわたしが、グーエンとの思い出が欲しいだけ。

たとえ剥製《はくせい》にされて死ぬとしても、この思い出があれば、最期の瞬間まで頑張れる。

だから、今だけは好きでいることを許してね？

角度を変えたキスが深くなっていく。唇の裏側を舌で舐められて驚いて口を開くと、その隙間から舌が入ってくる。

舌を使った濃厚なキスに息が上がり、意識がぼぅっとしてしまう。

プチプチとワンピースの前ボタンが外され、左右に広げられたワンピースの間からは、胸の谷間が見えた。そこへグーエンの手が伸びて、胸がふにふにと揉《も》まれた。

「ん……っ、ふっあ」

口の中からグーエンの舌が出ていき、唇が離れる。

「寝室へ、行きましょうか」

その言葉に頷いて、お姫様抱っこで階段を上っていく。グーエンの胸に押しつけた耳には、少し速い鼓動の音が聞こえていた。

寝室のベッドに下ろされると、ワンピースが袖から抜き取られた。次いで下着に手をかけられて、体がビクリと強張る。

「ヒナ、いいですか？」

口を開こうとしても、舌に根が張ったように動かない。コクリと小さく頷くと、下着が抜き取られた。

全裸になったわたしは、どうすればいいのか頭が真っ白状態で、腕一つ動かせなかった。

グーエンが自分の服を脱ぐ衣擦れの音と、自分の心臓の音がやけに大きく響く。

「緊張していますか？」

「……うん……」

「大丈夫。いつも通りにしてください」

いつも通り……リラックスしていろということかな？　とりあえず、グーエンに身を任せれば大丈夫かな？　初めては痛いって聞くけど、優しいグーエンのことだから、きっとわたしを酷い目には遭わせないはず。

「ヒナ、好きです」

「うん。わたしも、グーエンが好き」

ギシッとベッドのスプリングが軋《きし》んだ音を立て、グーエンが枕をわたしの腰の下に置いた。

どうするのだろう？　と、グーエンを見つめていると、そのまま唇が重なった。

重ねられた唇の温かさと柔らかさに、幸せな気持ちになる。心臓の音がトクトクと心地いい。

「ヒナ。そんな風に、可愛く微笑まれると、理性が持ちそうにありません」

「だって、なんだか……幸せだなって……」

「可愛いことを」

グーエンが微笑んで、頬や首筋にキスを落としていく。

落とされる唇に肌を吸われ、舌を這《は》わされる度に、吸われた場所が熱を持つようで、身をよじっては、グーエンの唇に捕らわれる。

「んぅ……」

甘えるような鼻にかかった声が洩れた。

胸の先端を指で挟まれ左右に紙縒《こよ》るように弄《いじ》られると、痛いのとは違う、ピリピリした刺激がある。首を左右に振ると、グーエンが胸の先端に吸いつき、ぢゅっと音を立てた。

「あ、ひゃぅんっ」

生温かい口の中の熱に包まれながら、舌で転がされる感触が変な感じだ。

もう片方の胸も片手で揉《も》まれて、グーエンの手の中でかたちを変えていた。

「んっ、ふ、くぅ、グーエン」

ちゅうっと強く乳首を吸われ、軽く歯を立てられると、体はビクンと小さく揺れる。

「気持ちいいですか？」

「よく、わか、ない……んんっ」

正直に答えると、グーエンにキスをされて、お腹の奥がぎゅうっとなる。

グーエンの手が胸から下がっていき、お腹を軽く押されると、また奥が疼《うず》く。

手はそのまま下の茂みに伸びて、隠された秘裂の間をゆっくりと撫《な》でる。

目をギュッと瞑《つむ》ると、耳元で囁かれた。

「ヒナ、勇者のことは忘れてください。ヒナはもう私の妻なのだから」

暁さん？　どういうことだろう……？

目を開けるとグーエンのアイスブルーの瞳と視線が合って、心臓が高鳴ると共に唇が重なった。

歯列を舌でこじ開けられ、そのまま舌は口腔を貪り喉の奥まで侵入してきた。

「……っ！　っ！」

息もできないくらい深く吸われながら、舌の動きに合わせて、秘裂を撫《な》でる指が動く。

前後する動きに次第に水音が混じり、股の間が濡れていくのがわかった。

グーエンが唇を離すと、酸欠状態のわたしはハァハァと息を弾ませる。

「んあっ、はぁ、はぁ、んっ」

「だいぶ、濡れてきましたね」

濡れるとか……恥ずかしいから、冷静に言わないでほしい。

くちゅっと熱いぬめりが蜜口から溢れ、グーエンの指の動きに合わせて淫猥《いんわい》な水音がリズミカルに響いた。

下腹部にズクズクと疼《うず》く熱の塊《かたまり》がもどかしい。どうにかしてほしくてグーエンの手に押しつけるように腰を動かすと、お腹の奥がきゅうっとまた疼《うず》いた。

「ヒナは、自分で動くのが好きなんですか？」

「わか、ない……んっ、あっ、あっ、これ、お腹がきゅーってする」

もう少しでなにかが来そうな感じがするのに、グーエンは動きを止めて手を離す。

「あっ……」

しかしすぐに秘裂を割って、蜜口につぷりと指が一本入ってきた。初めての異物感に体が震え、鳥肌が立った。

蜜口に沈んでいく指が擦《こす》れて痛み、首を左右に振ると、グーエンの顔が近づいて、耳をカプリと甘噛みされる。

「ひゃうんっ、耳、やぁ」

「ヒナのここは狭いですね。処女みたいです。勇者は、小さかったんですか？」

「な、に……？」

どうして、また暁さん？　意味がわからない。

それにわたしは処女なのだから、狭いのは仕方がないと思う。と、言いたいところだけれど、耳朶を甘噛みされて、口から出るのは喘ぎ声だけだった。

「きゃぁ、んっ、やっ、耳、いや、あぁ」

耳は嫌。でも、蜜口に侵入するグーエンの指が、また一本増やされて、痛みに顔を歪めると、またグーエンは言った。

「ヒナの初めての男が、私だったらよかったのに」

「やっ、あぅ、んんんっ！」

なんだか、グーエンがよくわからないことを言っているけれど、もしかしてわたしは、処女じゃないと思われているのだろうか？

あれだけ子供扱いしておいて？　わけがわからない。

でも、また耳に歯を立てられると背中がゾクゾクして、頭が真っ白になりそうだった。

「あっ、ふっ、やぁ……ん」

圧迫感はあるけれど、胎内《なか》から溢れてくる淫蜜で滑りがよくなったのか、指は奥のほうまで入って媚肉を押し広げ、わたしの中に馴染《なじ》みはじめていた。

そして三本目が入ってくる。馴染《なじ》むのは時間がかかったものの、ゆっくり時間をかけて、中を広げていった。

「グーエン、変に、なる……っ」

「ヒナ、すごく可愛いですよ。中がヒクヒク吸いついてきます」

「や……ぅ」

グーエンは一度指を抜き取ると、わたしの太腿の裏に手をかけて、内腿にチュッとキスをしてから左右に大きく開いた。

「ヒナ、これからは私が一緒ですからね」

「グー、エン。あ、はぁ……っ」

グーエンがわたしの膝に手をかけて腰を進めようとした時、涙が溢れてきた。

これがわたしとグーエンの最後の触れ合いだと思うと、もっといっぱい一緒にいたかったと、胸が痛くなって、涙が止めどなく溢れる。

「ヒナ……やはり、勇者がいいのですか？」

なんで暁さんが出てくるのだろう？　首を振ると、グーエンの手がわたしの頬を撫《な》でて涙を拭う。

「無理強いはしたくないですから……ヒナが勇者ではなく、私を本当に求めてくれる時にしましょうか」

「っ、グーエン？　なんで？」

ギシッとベッドが軋《きし》んで、グーエンがわたしから離れていく。

髪を掻き上げて、グーエンは少し困った顔で微笑んだ。

「好きな人を忘れられずに泣いている女性を、抱くわけにはいきませんからね」

「なんでそうなるの！　この涙は……」

違うのに……理由を言えば、きっとグーエンはわたしを止めるだろう。

でも、わたしはグーエンが好きなのに、暁さんが好きだなんて誤解されたまま別れたくない。

ぐすっと涙と鼻水を引っ込めようと、手で涙を拭って起き上がる。グーエンを見ると、傷ついたような顔をして、気まずそうにベッドの縁に座って服を着ている。

どうして、最後の思い出が欲しかっただけなのに、誤解されてしまったのだろう？

拭ったはずの涙がまた溢れ出る。

「ふっ、くぅ……っ」

わたしも脱いだ服を拾って着る。このまま体の関係がないほうがいいのだろうか？　そう考えると、惨めさと寂しさと、ほんの少しの悔しさで胸が痛くて苦しい。

わたしが泣かなければよかっただろうか？　そうしたら、今頃はグーエンの腕の中で幸せな思い出に包まれていただろうか？　どうしてわたしは、また暁さんに巻き込まれてしまうの？

涙でぼやける視界に、着替えを終えたグーエンが手を伸ばしてくるのが見える。

でも、その手が届く前にグーエンは躊躇《ちゅうちょ》したように引っ込めてしまう。

「ヒナ……貴女の気持ちをもう少し考えてあげれば、よかったですね。私はまだ、貴女に相応しくない」

「……っ」

隣にいるのに、グーエンが遠い。

こんな別れ方をしたいわけじゃないのに、胸が痛くて涙が止まらない。

「ヒナ。すみませんでした……強引、過ぎましたね」

頭を左右に振って「そんなことはない」と言いたいのに、口を開けば泣いてしまいそうで、唇を噛みしめることしかできなかった。

「少し、頭を冷やしてきます」

静かにグーエンが寝室から出ていく。階段を下りる足音と、玄関の戸が閉まる音がした。

「ふっ、えっ、わた、し……グーエンが、好き……」

自分の気持ちを口にすると、気持ちが溢れるようにポロポロと涙も流れ出して、声を上げて泣いていた。

もっと早く気づいていれば、グーエンにニルヴァーナ国から出てセスタ国へ行こうと言われた時に、一緒に行けていれば……こんなことにはならなかったのに。

「もう、全部……遅い」

出会った時から、グーエンはわたしを好きだと雰囲気で、態度で、伝えてくれた。それなのに、わたしが自分の気持ちに鈍感過ぎたせいだ。

諦めなきゃ。今出ていかなかったら、グーエンに迷惑をかけてしまう。

一階へ行き、買い物用に用意していたバッグを手に取って、二階へ戻る。

クローゼットの服をバッグに詰め込んだ。

女物でサイズも小さなわたしの服なんて残しておいても、邪魔なだけだろうからね。

二階から下りてリビングの前を通ると、廊下には買ったばかりの苗木が並んでいる。

苗木はハーブが中心で、お料理に使えるものばかりだ。

乾燥させてお茶にするのもいい、サラダに入れたり、ソースに使ったりするのもいい。

香草焼きの魚料理、肉料理。ハーブ入りのソーセージも良いかもしれない。

『箱弁小町』で人気のあったハーブ入りチーズコロッケを、グーエンに食べさせてあげたかったな。

お料理しか特技がないのに、まだグーエンに披露していない。

また涙が溢れて、決心が鈍《にぶ》りそうになる。

離れたくない。

ここでグーエンと一緒に……ううん。グーエンに助けてもらったのだから、今度はわたしが貴族から、グーエンを守らなきゃ。

扉をそっと開けて玄関を出て、庭から家を見上げる。

わたしの短い結婚生活……左手の薬指で光る指輪に、苦笑いが洩れる。

「結局、お父さんやお母さんの子供……なんだな、わたし」

結婚には向かない家系なのかもしれない。

「さて、行かないとね」

厄介者のわたしが自分から出ていきたいと言うのだから、ノニアックさんに頼めば、船でサッサと送り出してくれるだろう。

庭から道路へ出れば、ここからが、わたしの一歩目だ。

大丈夫。何があっても、わたしを愛してくれた人がいたことが、心の支えになる。

まずは、最初の一歩。

一歩踏み出して歩き始める。

アオドリ通りの閑静な住宅地区は、家々から小さな笑い声が響く温かい場所。

グーエンの育った場所を目に焼きつけて、わたしは港へ向かう。

海に浮かぶ船が目視できるくらいのところまで来ると、海兵の人が歩いているのが見える。

声をかけようとしたその時——

「ヒナッ！」

後ろを振り向くと、グーエンが立っていた。

「グーエン……」

わたしは、結局黙って出ていくことができなかったんだなと思って、顔を背ける。

近づいてくるグーエンの足音に、言葉に出して別れを告げるしかないのだと、泣きたい気持ちだった。

「ヒナ。そのカバンは？　まさか、出ていくつもり、ですか？」

「うん……ごめんね。わたし、元の場所へ帰る。グーエンにお金が戻るようにするから、心配しないでね」

「ヒナ……ッ」

グーエンに抱きしめられて、その温もりを拒まなければいけないのに、わたしにはそれができなかった。

「ヒナ、許してくれないのですか？　もし、ヒナが出ていくと言うなら、私が家を出ます。だからどうか、ヒナは家にいてください」

焦った声を出すグーエンは、またなにかを誤解しているようだ。本当に困った人。

頭を左右に振ってグーエンに向き直ると、声が震えないように、精一杯の笑顔を向ける。

「違うよ。わたしは、貴族のところに行くの。わたしがここにいたら、迷惑をかけてしまうもの。

グーエン、わたしね、グーエンが好きだよ。好きだから、一緒にいられない。わたしに、グーエンを守らせて」

「なにを……言っているのですか⁉　ヒナは私の妻で、もう借金もなにもない状態です！　誰がなにを言おうと、誰にも渡さない！」

グーエンのその言葉だけで十分、わたしは彼の愛に満たされているのを感じた。

泣きそうになる声を呑み込んで、息を吸って言葉を出す。

「ありがとう。その言葉だけで、嬉しい。あはっ、嬉しいのに、涙が、止まらないや……グーエン、少しの間だけど、一緒に暮らせて幸せだったよ」

ただの庶民と警備兵の隊長が貴族に刃向かうなんて、できないのはわかっている。

ほんの少し思い出を作れただけで十分だ。

「ヒナッ！　だから、どうして別れの言葉になるんですか！」

「グーエンが好きだから、わたしに関わって大変な目に遭ってほしくないの」

「貴女のためなら、私はなんでもしてみせます。もうしばらく時間をください。なんとかしてみせますから」

「グーエンは優しいね。でもね、わたし一人のために全てを犠牲にしては、駄目だよ。グーエンには、守らなきゃいけない部下の人や町の人がいるんだよ？」

たった二日間だけの結婚相手、それだけの話。

思い出だけを胸に残して、別れてしまったほうがお互いのためになる。

グーエンを見上げると、やはり眉間にしわを寄せて泣きそうな顔をしている。

「ヒナはわかっていません。私は、周りの者全てを失っても、貴女一人がいればいい。『番《つがい》』を失った獣人は、恋しさのあまり正気を失い、死んでしまうこともあるのですよ？　ヒナは私にそうなれと言うのですか？」

「グーエン……」

すんっと鼻をすすり、涙声になった声を聞かれたくなくて、唇を噛みしめた。

「私を好きだと言った口で、別れなど口にしないでください」

決心がグラグラと揺れる。グーエンに迷惑をかけては駄目だと頭ではわかっているのに、気持ちはもうグーエンから離れたくないと訴えていた。

「グーエン、ごめんなさい」

「ヒナ。帰りましょう」

頭を左右に振っても、グーエンはわたしを抱き上げて、港とは逆方向へ歩き出してしまった。

「わたし、迷惑かけられない……下ろして」

「迷惑なんかじゃありません。貴族の一人や二人、ヒナのためならねじ伏せます」

「無茶しないで、お願いだから、わたしを行かせて」

「ヒナのお願いでも、これだけは聞くわけにはいきません」

どうして、グーエンはわたしが欲しい言葉をくれるのだろう。何度駄目だと思っても、それ以上に一緒にいたいと願う気持ちが溢れて、グーエンの肩に顔を埋めて泣くことしかできなかった。

家に帰るとソファの上に座らされて、グーエンはわたしから離れようとしない。

沈黙を先に破ったのは、グーエンだった。

「私はヒナが好きです。誰よりも、勇者アカツキよりも、ヒナを愛している」

また暁さん……どうして、グーエンはこんなに暁さんにこだわっているのだろう？

「グーエン……なんで暁さんが出てくるの？」

「それは……私が勇者に嫉妬しているからです。私は、ヒナの一番になりたい」

「グーエンは勇者にならなくても、わたしに会いに来てくれて、助けに来てくれた。わたしに言わせれば、勇者はグーエンだよ。わたしにとっては、この世界に来てからずっと、グーエンが一番だよ」

勇者というものは、やはり憧れの職業のようなものなのだろうか？　勇者のオマケと言われていたわたしだから、グーエンはこだわっているのかもしれない。

グーエンがわたしを見て、首を少しだけ傾げる。

少し犬っぽい仕草だなと思いながら、わたしも同じように首を傾げた。

「ヒナは、勇者アカツキについてきたのですよね？」

「ついてきたというより、巻き込まれただけだけど？」

「……すみません。ヒナ、勇者アカツキとは、どんな関係だったのですか？」

「え？　わたしのお弁当屋さんに来る常連さん……それ以上でもそれ以下でもないかな。関係って、グーエンはなにか誤解している気がするけど、わたしは暁さんどころか他の誰ともお付き合いしたことはないし、キス……したのも、グーエンが初めてなんだよ？」

途中で恥ずかしくなって顔を手で隠しながら、指の隙間からグーエンを見ると、なぜか嬉しそうな表情に変わっていく。

「では、結婚のことを聞いた時に、捨てられたと言っていたのは……？」

「それは、わたしの両親。わたしは捨てられてしまった子供だから、結婚って遠い世界の話みたいで……」

もしかして、わたしが暁さんに捨てられた……と、受け取ったのだろうか？

まぁ、確かに置いていかれて異世界に取り残されたので、捨てられたのかもしれないけれど、男女間のアレコレはない。

「ヒナ。ヒナが私を好きだというのは、本当ですか？」

「……っ、恥ずかしいから、再確認しないで……好き、だよ」

顔を隠していたわたしの手を、グーエンが掴んで引き剥がす。

「ヒナ、顔が赤いですね」

「〜っ、手、離して。変な誤解をする人なんて、知らないんだから！」

わたしの顔から火が出る前に手を離してほしい。顔を背けると、グーエンの顔が近づいてフッと耳に息をかけられた。

背中がぞわっと粟立って、なにをするのかとグーエンを睨むと、嬉しそうに微笑むグーエンと目が合う。

「ヒナ。誤解してすみません。でも、ヒナ。嬉しいです」

わたしがなにか言う前に、言葉はグーエンの唇に吸い取られていく。

柔らかい唇がじっくりと味わうように押し当てられ、少し離れては角度を変えて二度三度と口づける。

「んっ、っ、んぅ」

グーエンの顔が少し離れて、彼の目の中にわたしが映り込む。

「ヒナ。本当に私と離れたいのですか？　本心から？」

「……っ、だって、わたし」

迷惑をかけてしまうから、一緒にはいられない……でも、許されるなら、このイグラシアの港町でグーエンと二人で穏やかに暮らしていきたい。

「ヒナは私との生活を諦めるのですか？　ね、ヒナ。ヒナはどうしたいですか？」

「わたしは、グーエンと一緒に暮らしたい……っ、まだ、グーエンにわたしの手料理を食べてもらってない。わたし、いっぱいグーエンに食べてほしいものがあるの。……っ、ふっ」

涙が溢れてそれ以上は、声にならなかった。

「そうですか。なら、私に任せてください。ヒナの望む通りになるように、してみせますから。ヒナはどんと構えて、泣かないでください」

頬を撫《な》でられ、涙はグーエンの手が拭き取っていく。

顔が近づくと再び上唇が吸われて、わたしもグーエンの下唇を吸う。今度はグーエンが歯の間から舌を忍び込ませて、お互いに舌を絡めて吸い合った。

「んふぁ……んっ」

「ヒナ。もう黙って、どこかへいなくなろうとしないでください」

「……」

「ヒナ、返事は『はい』だけですよ？　んっ」

顎を指で下から上に上げられて、唇を奪われると「はひ」と、情けない声が出た。

どうなるかわからないのに、グーエンからもう離れられない気がして、大人しく頷く。

「ヒナ。いい子ですよ」

頭を撫《な》でられ、恥ずかしくなって顔を背けると、首筋を甘噛みされる。唇に吸いつかれたまま舌で舐めあげられて、「あっ」と声が洩れた。

「ヒナの首筋がすごく、脈打っていますね」

「そ、ういうこと、言わないで……」

体が火照《ほて》って、心臓がドキドキと騒がしい。

「ヒナ。可愛いですよ」

余計に恥ずかしいことを言われている気がして、頭が茹《ゆ》だりそうだ。

首筋から徐々に上へ舌が動いて、耳朶を噛まれると腰の奥が甘く痺れる。体から力が抜けそうで、グーエンのシャツを掴んだ。

「ヒナは、耳が本当に弱いですよね」

知っているなら、耳の近くで囁かないでほしい。吐息交じりの言葉に腰が砕けてしまう。

「ヒナ。二人で幸せになろうと言ってくれたヒナの言葉が、私はすごく嬉しかったんです。だから、これから先も二人で幸せになりましょうね」

結婚証明書を書いた時のわたしの言葉を耳元で囁き、グーエンはわたしの耳を甘噛みした。

「ひゃっ！　あっ」

犬歯の尖《とが》りがチクリと当たって、舌で耳殻《じかく》を嬲《なぶ》られる。

耳にぴちゃぴちゃと音が響き、腰から下に力が入らなくなって、目を瞑《つむ》りながらぞわぞわした感覚に身悶《みもだ》える。

「やっ、う、んんっ」

グーエンの手がわたしのシャツのボタンを外し、下着の紐に手をかける。

この世界のブラジャーは左胸の横についた紐で留める構造で、グーエンはその紐を解いて、露《あら》わになった胸を大きな手で揉《も》み上げた。

「んぅ……ん、ん」

優しく揉《も》みしだかれる乳房と、いまだ甘噛みされている耳朶に同時に与えられる刺激が下腹部の奥に響いて、わたしの体を蕩かしていく。

胸の先端を指先で転がされ、ビクンと体が反りかえると、耳朶からグーエンの唇が離れた。

「ヒナ。先ほどのやり直しをしましょう」

「やり直し……？」

やり直しとはなんだろう？　首を傾げると、グーエンはわたしの耳元に顔を寄せる。

「初夜のやり直しです」

「しょ……ふわっ！」

今まさに、その続きをしているようなものではないか！　と、騒ぎたかったけれど、グーエンの顔を見たら、コクリと頷くしかなかった。

だって、すごく幸せそうに目を細めながら言うのだから……きゅんっと胸が射貫かれてしまった。


二階の寝室でまた服を脱いで、お互いに一糸纏《まと》わぬ姿でベッドの上にいる。

グーエンはベッドにバスタオルとクッションを置いて、その上にわたしを仰向けに寝かせる。

「先ほどは、準備ができていませんでしたからね」

「準備？　グーエンは、こういうことに慣れているの？」

「いいえ。宿舎の男所帯での生活が長いと、初めての女性には優しくしろと、先輩方の頼んでもいない指南があったりするのですよ。今はそれが役に立ちそうですが……」

まぁ、初めての時は優しくするという教えは間違いではないと思う。

「クッションは腰の下に入れますね」

「なにか役に立つの？」

腰の下にクッションを入れられながら、沈黙が恥ずかしくて質問するわたしに、グーエンは答えてくれる。

「腰に負担を掛けないためです。初めてのヒナに、少しでも痛まないようにしたいですからね」

「そう、なんだ……」

気遣いが嬉しいけど、やっぱり恥ずかしい。

バスタオルを重ねて敷いている理由は、わたしにもわかる。初めてだと出血することがあるからだろう。たまに出血がない人もいるらしいけど、わたしとグーエンの体格の差を思うと、きっと前者になるだろう。

さっきも指を入れられただけで痛かったし……なにより、チラッとグーエンの下半身を見ると、わたしの中に挿れるのはちょっと無茶じゃないかな？　と、尻込みしてしまうほどに、半勃ちしているモノが、凶悪そうなのだ。

「ヒナ。そろそろ、いいですか？」

「はい……優しくお願い、します」

グーエンはわたしの上に覆いかぶさり、イエスの代わりに優しい目を合わせたまま唇を重ねた。

はじめは優しいキスだったものが、段々と唇を舐《ねぶ》り、歯列の隙間に舌が入り込む。舌に吸いつかれて息苦しくて鼻で息をしても、酸素不足で目が回りそうだ。

初心者にこんなディープなのはまだ早い！　と、喉の奥から「んーんー」と抗議の声を上げると、唇が離れる。ぷはっと息を吐いて浅い呼吸を繰り返すわたしの口をグーエンの指がなぞった。

「柔らかいですね」

指で唇を触り、グーエンは楽しそうにわたしの肌に唇を這《は》わせていく。

頬から首筋、鎖骨、胸の谷間へと、唇は流れるようになぞっていき、お臍《へそ》の下に辿《たど》りつくとチュッと音を立てて吸いついて、何度かそれを繰り返した。

「んっ、グーエン。くすぐったい」

「ふふっ、ヒナは私の奥さんだという、証を付けたくて」

「付けても、グーエン以外は見ないと思うよ？」

「それはそうですが、私が満足します」

笑って顔を上げて、グーエンはわたしのお腹を撫《な》でる。

いっぱいキスマークを付けられたみたいだけれど、奥さんという言葉が嬉しくて、はにかむ。

唇にキスをすると、グーエンの手に片胸を揉《も》み上げられて、勃ち上がった乳首を口に含まれた。

先端が熱い口の中に包まれる。舌で飴玉を転がすように舐められ、啄《ついば》むように吸われて、うずうずとした感覚が胸の先から広がっていく。

「ふぁっ、ん、っ」

もう片方の胸もゆっくりと撫《な》でまわされて先端を指で摘まれ、甘い痛みが体に熱を持たせる。

「んぅう、グーエン……はぁ、あ！　んっ」

胸の尖《とが》りに歯を立てられると、声は上擦り甲高く喘いでしまう。

「声を抑えなくて良いですよ。ヒナの声は甘くて、凄く興奮しますから」

「はぅ……っ、恥ずかしいから、や……っ」

頭を左右に振ると、胸から脇腹へ手が下がり、内腿を撫《な》で上げられる。

汗ではない液体が内腿を濡らしていて、グーエンがそれを確かめるように、液体を溢れさせる秘所へ手を伸ばす。

「ヒナも感じてくれているみたいですね。嬉しいです」

「やっ、んんっ、言わないで……っ」

グーエンの指が愛液を掬《すく》い、塗り込めるように蜜口の浅い部分から陰核へゆっくりと滑らせる。

指の腹で擦《こす》られ、花芯を中心にズクズクとした疼《うず》きを感じる。奥から蜜が溢れてグーエンの指の動きをスムーズにし、ちゅくちゅくと水音を立てている。

「やっ、あ、ぁ……んっくぅ、もっ、いいからぁ……んっ」

「先ほどの行為で少しは解れていますが、もう少し慣らしておいたほうが、ヒナのためですからね。いい子ですから、我慢してください」

お腹がきゅうっと疼《うず》くもどかしさに、早くどうにかしてほしくて頭を左右に振る。けれどそんなわたしにお構いなしに、グーエンの愛撫は続く。指は秘部をなぞるように何度も往復し、奥からは淫蜜がとめどなく出てくる。

「やぁ、ん……もっ、だめ、もぉ、変になっちゃう、からぁ、ひぅ、あっ、あっ」

肉芽を指で摘まれると、目の前が真っ白になってお腹の芯が弾けるような感覚がした。腰がビクビクと勝手に動き、与えられる刺激と快感に極まってしまった。

一気に脱力する体に、グーエンは指を内部から抜くと、わたしの両足を左右に開いて顔を埋めてきた。

「や、そこ……だめっ」

手を伸ばしても届かず、あらぬ場所に口づけをされて、舌が会陰をなぞるように舐める。

舌が別の生き物のように動き、円を描くように肉粒を舐め回されて、羞恥に泣きたくなった。実際、目には涙が滲《にじ》んでいたけれど、与えられる刺激に声は甘く切なく洩れてしまう。

「んぁ、あっ、やぁ……んんぅ……」

「……可愛い、ヒナ。ヒクついて、奥から蜜が溢れてくる」

「や……もっ、んんっ」

花芯を強く吸い上げられると、電流が走ったように痺れ、体はまた快感に翻弄《ほんろう》されて昂っていく。

「あー……っ、はぁ、ぅ」

膣壁が断続的に痙攣《けいれん》する。全身が性感帯になってしまったようで、心の中では大騒ぎなのに、体の奥はグーエンを求めて疼《うず》いた。

ヒクつく肉襞を、グーエンが指で中を広げるように抜き差しを繰り返す。

「あ、ふっ、は、はぁ、んっ、もっ、イクから、やだぁ、んんぅ」

意地悪しないで、と消え入りそうな声で言うと、ようやくグーエンが指の動きを止めてくれた。

浅い呼吸を繰り返していると、膝裏に両手を入れられて少し持ち上げられ、また足を大きく開かされた。

「ヒナ。私に全てを捧げてくれますか？」

「……初めから、グーエンの、だよ……わたしが番《つがい》、なんでしょう？」

「ええ。私のたった一人の、番《つがい》です」

微笑んだグーエンに、胸がきゅんとしてしまった。

しかし、グーエンの勃ち上がった雄々しいモノを目にすると、別の意味でドキドキする。やっぱり出血コースかも⁉

愛蜜を先っぽに塗りつけるように、蜜口でつんつんと上下に擦り合わせてから、ゆっくりと蜜路を押し広げて、挿入していく。

愛液でとろとろになってはいても、圧迫感はあるし隙間なんてなさそうだ。

「痛くないですか？」

「大丈夫……っ、んぅっ、あっ、痛っ、ひっ」

先端の笠の部分を呑み込んで少し進んだところで、ズキンと痛みが広がって体が強張る。

「狭いですね。多分、処女膜でしょうから、ここを通れば、痛みは少し治まるはずです。少しだけ我慢してくださいね」

「うー……っ」

止める気はないのね？　いや、ここまで来たら、最後までしてしまったほうがいいのかも。

コクコクと頷いて、ギュッと目を瞑《つむ》ると、チュッとおでこにリップ音がして、目を開ける。その瞬間お腹の中でぷちゅりとなにかが押されて広がり、痛みが体を突き抜けた。

「あくぅーぅぅっ‼」

「っ……！」

ズキンズキンとお腹に痛みが響き、はくはくと口を動かして声にならない声を上げる。

グーエンは、わたしの頭を撫《な》でたり頬にキスをしたりして、わたしが落ち着くまで、動きを最小限に留めてくれた。

「ヒナ……大丈夫ですか？」

申し訳なさそうに耳を後ろに下げたグーエンに、ゆっくりと手を伸ばす。グーエンはその手に頬ずりをして、手の平に口づけをする。

グーエンのこうした優しさやなにげない仕草が、わたしの好きなところ、かな？

お腹の中はまだ少し痛いけど、だいぶ馴染《なじ》んできたかもしれない。

「グーエン、我慢させて、ごめんね？　もう、大丈夫」

「ヒナ、無理をしていませんか？」

「心配しないで。グーエンと、したいの。ね？」

グーエンの尻尾がパタパタと揺れると、わたしの蜜壺内にも振動が伝わって小さく疼《うず》いた。

「ん……っ」

「ゆっくり動きますから、痛かったら言ってくださいね？」

言葉通り、グーエンはゆっくりと腰を動かして、蜜路を剛直が行き来する。

はじめは熱くて大きな異物が行き交う違和感と、肉襞を擦《こす》られ奥を突かれる痛みしかなかったものが、段々と動きがスムーズになってくると、肉棒の雁《かり》部分に媚肉が擦れるだけで、瞬間的にイキそうになって嬌声が洩れた。

「あぁっ！　っ、ぁ、ぁ……」

熱っぽい声で名前を呼ばれ、グーエンの顔を見ると苦しげに眉を寄せている。

「ヒナ……ヒナ……っ」

体の中がキュウッと疼《うず》いて媚肉が戦慄《わなな》く度に、グーエンの抽挿は深くなり最奥を押し上げた。

ゾクッとした快感が甘く響いて、気持ちよくて吐息が洩れる。

「んっ、ん……っ、はぁ、グー、エン……っ、好き……、気持ち、いい……んっ」

「……っ、ヒナ、もう我慢が、できそうにないです……っ」

腰が揺さぶられ、淫猥《いんわい》な水音と肌を打つ音が繰り返され、最奥に先端が押し込まれる。

「ひぁっ、んっ、んっ、イッちゃう……っ」

「ヒナ、愛しています。ヒナ……ッ」

お腹の中がギュッと縮んで解放されると、ドクリと雄竿が脈打ち、わたしの中でグーエンの体液が熱く広がっていった。

全力疾走した後よりもぐったりしているのに、体の内側は幸せな浮遊感に包まれる。

これは体が結びつく行為で、これが結婚というものなのだろうと、わたしは思う。

幸せだけど、少し恥ずかしくて、気持ちよくて、ちょっぴり知らない自分の一面を垣間見た。

「ヒナ。大丈夫ですか？」

「なんとか……えへへ」

少しばかり気恥ずかしくて、今更もじもじしてしまうけれど、グーエンのキス一つでわたしは再び幸せに包まれてしまうのだから、一線を越えるというのは不思議な感じだ。

なにも変わらないのに、なにかが変だと感じる。

「グーエン」

「はい。なんでしょう？」

「好きだよ」

「ええ、私もヒナを好きです」

笑って抱き合って、この腕から離れるなんて、きっとわたしはできないのだと思った。

ベッドの上で横になって、グーエンと顔を見合わせてはキスを交わして眠りについた。

起きた時には、グーエンが体を綺麗に清めてくれていた。そんなに激しくされたわけでもないのに腰が重く、お腹の中はじんわり温かくて腫《は》れぼったい。まだなにか入っている感じが残っている。

歩くのがヒョコヒョコぎこちなくなってしまい、羞恥から突っ伏したくなった。

「ヒナ、大丈夫……じゃ、なさそうですね」

「ううっ、わたし、人族が家に閉じこもっている理由が、わかった気がする……」

困った顔でグーエンが笑って、わたしを膝の上に乗せてこめかみに唇を寄せる。

「獣人の体力は、人族と比べ物になりませんからね」

「グーエンが手加減してくれたのは、わかっているよ？　でもね、腰が死んだー……」

頭をぽふりとグーエンの胸に埋めると、グーエンが耳元で囁く。

「そのうち、たっぷり休暇がもらえた時に、ヒナにも味わってもらいますから」

ひぃぃっ！　わたしは自由にお外にお出かけできる番《つがい》でいたい！

わたしが左右に頭を振っても、グーエンはにっこりと、いい笑顔のままだった。

第五章　警備塔の新婚さん

シャマランが色々と頑張ってくれたおかげで、例の事故についてわたしは証人として認められ、グーエンは仕事に戻った。

「シャマランは仕事が早すぎる！」と、グーエンは文句を垂れていたけれど、そのシャマランの働きのおかげで、わたしは、セスタ国の保護下に入ることができたのだ。魔物除《よ》けの魔道具が不良品だったという話が、そんなに重要なことだったとは。

おかげで貴族がなにを言おうと、わたしはこの国が保護してくれることになった。

魔道具が不良品だと話していた船員たちが亡くなってしまったために、わたしはただ一人の証言者であり、重要参考人という扱いになるのだという。セスタ国はニルヴァーナ国に対して裁判を起こすらしく、わたしはそこで証言をすることと引き換えに、セスタ国民の身分を得て、保護を約束してもらえた。

わたしは晴れて、胸を張ってこの国で生きていけることになったわけだ。

手続きが全て終わり、ようやく家に帰ってきたわたしたちは、顔を見合わせて笑う。

「これで安心してヒナとの生活を送れますね」

「うん。わたし、家出する必要なかったねぇ」

「本当は、私がヒナを守って差し上げたかったのですが……」

「ううん。初めにわたしを守ってくれたのはグーエンだよ？」

「戸籍がアッサリともらえてしまい、私との結婚……後悔していませんか？」

「してないよ。グーエン、これから先もずっとよろしくね」

グーエンがわたしの髪を撫《な》でつけ、優しい目で見つめて、そのままキスをする。

家に帰ってきて早々、キスだなんて……

「んっ、ん……」

「ヒナ……」

色めいた声に思わず、頬が熱を持つ。

「グーエン……あの、明日は会議に呼ばれているから……」

「ヒナ、大丈夫ですよ。私も参加するのですから、抱いて連れていきます」

「でも、その……んっ、んっ」

また唇が重なって、言葉はかたちを成さない。少しの期待と羞恥と、心配を胸に、グーエンの腕に抱きすくめられた。

「ヒナ、優しくしますから、いいですか？」

そんな風に言われて頬を撫《な》でられたら、頷くしかない。

初めての時よりも痛くはないだろうし、優しくしてくれるなら、腰が死にそうなことにはならない……はず？

スカートの中にグーエンの手が入り込み、下着越しに双丘を撫《な》でられる。

ゆるゆると指が下着を摩《さす》ると、じわっと下着が濡れる感覚がある。

「ん、ん……っ、やっぱり、恥ずかしぃ……」

「恥ずかしがっているヒナは、可憐で、もっと鳴かせたくなりますね」

「や……苛《いじ》めっ子……っ」

耳を軽く噛まれて、ピクンと下腹部の芯が熱を持つ。

啄《ついば》むようにキスを繰り返し、その間にわたしの服はどんどんグーエンに脱がされていく。

ブラウスのボタンも、スカートの留め金も器用に外し、下着を取られる。そのままソファの上で仰向けに寝かされ、床に片膝をついたグーエンがわたしの足に顔を寄せると、足の爪先からキスを落とす。

キスは徐々に上がってきて、焦らされるように軽く噛んだり、歯を立てたり、舐められたりで、それほどいやらしいことをしていないのに、股の間はぬるっと濡れそぼってきた。

「やぁ……っ、グーエン……」

「そうして肌を赤く染めるヒナも、魅力的ですよ」

「う～っ」

わたしだけが全裸で、グーエンは服を着ているのも恥ずかしいのだけれど、わかっているのかいないのか、グーエンはまた唇を太腿に這《は》わせて、ちゅうちゅう肌に吸いついていた。

初めての時に付けられたキスマークがようやく薄くなってきたけど、また新しく付けられてしまいそうだ。

「グーエン、肌が、まだら模様になっちゃう、からぁ……んっんぅ」

「他人からは見えませんよ。まぁ、見せるつもりもないですが」

「わたしには、見えるからぁ～っ」

えげつない数を付けられて、お風呂や着替えの度に思い出しては恥ずかしさに身をよじっているのを、グーエンだって知らないわけじゃないのに……

「ヒナの肌は柔らかくて、しっとりと肌に吸いつきますね」

そう言ってわたしの太腿を撫《な》で、恥丘の間から流れ出た蜜液を舐めとった。そしてそのまま下肢の狭間に、ぬぷりと舌が入ってくる。

「はんっ」

びくんと腰が跳ねる。淫唇に舌が触れるだけで奥から蜜が溢れ、ぴちゃぴちゃと響く水音に、イヤイヤと首を振っても止めてもらえない。

「んぁ、ふっ、あ、うぅ……、グーエン。そこ、やだ、あっあんっ！」

舌が肉粒を舐め回す。敏感なそこへの刺激にお腹の奥が痺れて、気づいた時には絶頂に達していた。

頭が真っ白で、お腹が疼《うず》くのが止められない。

「ヒナ。次は中でも達きましょうね」

グーエンはスラックスをくつろげると反り勃ったモノを出して、わたしの足の間に腰を割り入れる。

雄芯の先が蜜口に当てられ、ゆるく前後して、ちゅくちゅくと濡れた音を立てながら侵入しはじめる。

「っ、あ……っ、熱くて、硬いの、はいって、る」

「私のかたちを、覚えはじめているみたいですね」

挿入《はい》ってくる剛直に、絶頂を与えられたばかりの体は、快感を甘受する。

「はぁ、ふ……あっ」

「ヒナ。中のうねりが気持ちいいです」

「やっ、そういうこと、言わない、のっ、んんっ」

奥処《おくか》へ沈む肉棒に、媚壁がじんじんして、自分ではどうしようもない愉悦に変わってしまう。

「ほら、奥まで届きましたよ」

「んふぁっ！　奥トントンしない、で……っ、体が、おかしくなっちゃう」

亀頭が子宮口を深く突き上げては離れ、繰り返される気持ちのよさにもっと刺激を求めそうになる。

「私の可愛い奥さん。もっと乱れていいですよ？」

おでこにキスを落として、グーエンの腰が力強い抽挿でいやらしく動く。

「あ……あっ、グーエン、グーエン、やだ、イッちゃう。イッちゃうから、やぁあんっ」

嬌声を上げると足の爪先まで力が入り、蜜壺がぎゅうっと締まる。脳芯が痺れて、体は浮遊感に似た感覚で気持ちよく果てた。

「ああ、ヒナに全部搾り取られそうですね。やはり、番《つがい》との体の相性はよすぎです」

「あぅ、ま、待って、わたし、イッたばかり、んっああっ！　待って、ひぅっ、ああっ」

「何度でもイカせてあげますから、大丈夫ですよ」

なにが大丈夫なのか問いただしたいけれど、蜜道を行き来する剛直の雁《かり》部分が膣壁をゴリゴリと擦《こす》り、グーエンの下で喘ぐしかなかった。

腰が揺れる度に、肌のぶつかる音がリビングに響く。何度目かの絶頂のあと、グーエンがわたしに腰を押しつけてぶるりと震えると、熱くてドロドロしたものが注がれた。

快楽地獄のようなイカされ具合に、これ、明日は動けないかもしれない……と、わたしはグーエンの腕の中で目を回して、朝まで覚めなかった。


イグラシアの警備塔。

丸い筒状の小さな煉瓦が積み重なって作られた巨大な塔は、まるで海に建つ灯台のようだった。

セスタ国にはこのような警備塔がいくつもあり、他の町の警備塔からもお互いに見えるように、配置と設計がなされているそうだ。

一階は出入口や受付、二階は医務室や怪我人が出た場合の入院施設といった医療フロア。三階には会議室があって、海兵も陸兵もここでミーティングや合同会議をする。食堂や休憩室は四階で、昼休みはごった返すらしい。五階はデスク仕事用のフロアで、六階が町の見張りをするためのフロア。ここで他の町の警備塔と連絡を取り合うのだそうだ。七階は、武器庫や拷問室があるらしい。まぁ怖いので、そこには近寄りたくない。

「ふぁ……眠い」

わたしは欠伸《あくび》を噛み殺して、目を擦《こす》る。

本日、わたしたちは警備塔の三階、会議室にお邪魔している。すり鉢状の会議室には、中央の舞台を中心に座席が並んでいる。中心に近い座席には新兵が座っており、外側へ行くにつれて位が上がっていくようだ。陸兵の隊長であるグーエンは一番外側、そしてそこから中央の舞台を挟んでちょうど真正面に、海兵のノニアック隊長が座っている。

わたしはグーエンが離してくれないので、グーエンの膝の上でこの会議に参加している。

向かいの海軍が厳しい目を向けてくるけど、グーエンは涼しい顔で無視を決め込んでいる。

ああ、グーエンの体温が温かくて……眠い。

大事な会議中に居眠りをしてはいけないと、目にグッと力を入れる。

中央の舞台で、山吹色の軍服を着た団長と呼ばれるオジサンが会議を進行しはじめた。

今回のこの会議は『沈没した船の魔道具に関する捜査』が主な議題だ。

あの海難事故に関するものなので、当事者であったわたしも会議に参加し、気づいたことがあればグーエンに報告してほしい……ということだけど、ただ単にグーエンがわたしと離れたくなかっただけなのではという気がすごくする。

シャマランが立ち上がり、団長さんへ報告する。

「先ほど、調査員からニルヴァーナ国で魔物除《よ》けの魔道具を入手したとの連絡が入りました！　持ち帰り次第、不具合の有無を調べます！　陸兵からは以上です！」

次いで、海兵側からも報告が上がる。

「こちらは、生存者の証言から乗組員の名簿を作成しました。そこのお嬢さんを入れて合計二十五名、うち死亡者十五名、行方不明二名となります」

海兵隊長のノニアックさんが立ち上がり、書類を手に口を開く。

「遺族への連絡もほぼ完了しました。遺体の引き取りに伴う遺族の旅費、宿泊費、遺体の保管費等の見積を提出します。これらは、魔道具の不良に関する責任がニルヴァーナ国にあると立証できれば、損害賠償請求に加算する予定です」

当初はそのあたりの処理も陸兵に押しつけられそうだったのだけど、結局海兵のほうで引き受けてくれたらしい。

「海兵からは以上です」

団長さんが「では、各自解散！」と声を張り上げると、それぞれ会議室から退出していく。

グーエンの膝に乗るわたしをチラ見する隊員の多いこと……動物園のパンダになった気分だ。

しかし、この会議、わたし必要だったかな？　と、思わずにはいられない。

「ヒナ、我々も戻りましょうか」

グーエンがわたしを抱き上げて席を立つと、団長さんに「グーエン。お前はこっちに来い」と呼びつけられた。

グーエンは少しだけ目を閉じ、わたしを抱いたまま団長さんのところへ行く。

初老で筋肉質そうな団長さんは、灰色のボサついた髪を一つに縛《しば》っている。

グーエンに似た三角耳と尻尾があるから、狼の獣人かな？

「なんですか？　リヒトル団長」

「なんだじゃないだろ？　嫁さんをもらったなら挨拶に来い」

「妻のヒナです。さあ、挨拶しましたよ。行っていいですか？」

グーエンの冷たい態度に、リヒトルさんが眉を下げてグーエンを止めた。

チッとらしくない舌打ちをして、グーエンが嫌そうな顔でリヒトルさんに向き合う。この空気、腕の中にいるわたしとしても非常に気まずい。というか、下ろしてほしい。

「あの、日南子です。えっと……夫がお世話になっています？」

一応、上司みたいだし、こんな挨拶で大丈夫だっただろうか？　挨拶をしたわたしにリヒトルさんは少し屈んで、笑顔を近づける。

「リヒトル・エバナだ。団長として、陸兵と海兵をまとめている。そんでもってグーエンの育ての親だ」

「違いますよ。狼獣人は親のいない子供を、大人が持ち回りで面倒を見るというだけで、別にリヒトル団長が育ての親というわけではありませんから」

このグーエンのツンツンした態度は、親しいからこそなのかな？

グーエンが本当に嫌なら、もう少しお人形みたいに無機質な表情をするはずだから。

リヒトルさんに頭を撫《な》でられて、グーエンが手でシッシッと払う。

「触らないでください」

「まったくつれねえなぁ。昔はもっと可愛げがあったのに……」

「私が親を亡くしたのはそれなりに育ってからですから、そう変わらないでしょう。耄碌《もうろく》している
なら、早めに引退してください」

そんなグーエンの態度を気にも留めず、リヒトルさんは笑って、「今度うちに飯でも食いに来
い」と片手をヒラヒラさせて出ていった。

ハァと溜め息をついてグーエンがわたしの頭に顔を埋める。

「仲が良さそうだね？」

「両親が生きていた頃から構い倒されているので……いい加減リヒトル団長には、大人しくしてほ
しいものです」

「ふふっ、グーエンの氷の表情を崩せる珍しい人だね」

「そうでもないです」

そうは言うけど、周りから『氷の微笑』なんて言われて怖がられている中で、グーエンが表情を
崩せるほど親しい人は貴重だと思う。

グーエンと一緒に会議室を出ると、シャマランもついてくる。

「それにしても、魔道具ってそんなに重要なものなの？　家の中とかにもいっぱいあるのに」

わたしが首を傾げると、シャマランが答えてくれた。

「魔道具に使われている魔石の問題だよ。普段使う魔道具と違って、魔物除《よ》けの魔道具に使われるのは魔物から採るものだから、値段も効果も段違いなんだ。魔物が強いほど、魔石の効果は強くなる。クラーケンを寄せつけないためのものならクラーケンよりも強い魔物の魔石が必要だから、高価なんだよ。それでも安全のためにはなくてはならないものだから、不良品を売ったとなれば、大問題」

シャマランによれば、この世界において魔石に関する基準は厳しいのだという。

強い魔石を使ったものは高値で取引されるが、危険な魔物から身を護る魔道具は、旅をする者にとって必需品だ。

魔物に襲われたら逃げ場のない船の旅では、万一の時に備え最低でも二つは用意せよ、と言われるぐらいなのだとか。だから『使えませんでした』となれば、原因を徹底的に調べられる。

それに、大きなお金が動くのでどの国も魔石の扱いについては利権争いが激しいらしい。より効果の高い魔石を手に入れて、他国へ高く売りつけたい……というのはどこの国も考えるものだ。そんな中でニルヴァーナ国が勇者召喚をして、魔物を倒しまくって大量に強力な魔石を入手したというのだから、セスタ国の上層部はニルヴァーナ国を潰すチャンス……と目論《もくろ》んでいるらしい。

「それって……ただのやっかみじゃない？　出る杭は打つって感じの」

「それもありますが、ニルヴァーナ国は勇者が得た魔石を使った魔道具を他国へ大量に輸出していますから、もしそれに問題があるとなれば早々に解明しなければ大変なことになるかもしれません」

「大変なことって……わたしが乗ってた船みたいに、魔物に襲われる人たちが増えたり、とか？」

「ええ。それも危険な場所を行く旅人が襲われるというだけではすみません。人を襲い、味を覚えた魔物が人里に押し寄せて、町一つなくなることもありえます。それほどの危険があるからこそ、こうして緊急会議が開かれたのです」

元の世界でも、車などの不具合のニュースとかをよく見たけれど、ああいう問題なのかな。

実際、わたしもあと少しでクラーケンに食べられるところだったし、あの事故で亡くなった人たちもいるのだから……

「今のところ、沈没した船から回収できた魔道具は一個だけです」

「それが使えるかどうか、調査中ってこと？」

「ええ。それに、ヒナたち生存者の方々の警備を強化しています」

わたしはすでに証人保護で守られているけど、それ以上に守られる必要があるのだろうか？

「事故の生存者に、ニルヴァーナ国から刺客が差し向けられないとも限りません。生存者の証言で魔道具の不具合が立証された場合、ニルヴァーナ国は船の損害や遺族、生存者への賠償責任を負います。他にも我々セスタ国へ事故の調査に伴う費用の支払い義務が生じますから、その額は莫大なものになるでしょう。そのぐらいならば、生存者を殺して口封じをしたほうが安上がりなんですよ」

「そんなに大変な金額が動くの？」

「人一人の命というのは、安くありませんから」

わたしのお値段二千万シグルより上だろうか？　きっと上なのだろうけど……ちょっと悔しい。

だけど、お金を支払うくらいなら人を殺したほうがいい……うーん。罪に罪を重ねるだけな気がするけれど、ニルヴァーナ国の王様たちならやりそうではある。

廊下を歩いていると、グーエンの部下の人たちがわたしたちを見てザワザワしている。

「なんですか？　貴方たち、仕事をしなさい！」

グーエンがわたしを守るように後ろに隠すと、部下の人たちが詰め寄ってきた。

「隊長！　頭でも打ったのですか！」

「グーエン隊長、まさか本気で幼女趣味じゃ……」

ムカッ！　幼女ってわたしのことか！　今言ったヤツ誰だ！　と、わたしがグーエンの後ろから顔を出すと、部下の人たちはわたしとグーエンを見比べる。

「小さい……」

誰だーっ！　わたしが目を吊り上げてギッと睨みつけると、グーエンに頭をぽんぽんと叩かれた。

「私の妻のヒナコ・テラスです。ヒナはこう見えて成人していますし、もう十九歳です」

「……グーエン隊長。いくらなんでも無理ありますよ！」

「警備隊長が、犯罪に手を染めたなんて……っ」

グーエンの表情が険しくなると、隊員たちは「ヒッ」と息を呑んで表情を凍りつかせ……いや、言葉通り、グーエンが魔法で凍らせた。

「ブフッ！」

やり取りを見ていたシャマランが腹を抱えて笑いだし、グーエンに「あとは貴方がどうにかしなさい」と、凍った隊員を押しつけられて文句を言っていた。

「まったく、失礼な部下たちです」

「グーエンも、最初はわたしを子供扱いしていたでしょ？　ふふーっ」

「それは……ヒナが、可愛すぎるからです」

「あっ、誤魔化した～」

仲良く手を繋いで警備塔を歩く。やはり遠巻きに見られたり、子供と間違われたりすることはあったけれど、その度にグーエンの氷魔法が炸裂して、警備塔に氷の彫像ができあがっていた。

凍らせても死ぬことはないらしく、それはグーエンの魔法の腕前なのだという。

確かに……『氷の死神』かもしれない。

二人で夕飯の買い物をして、明日のお弁当のおかずを買い、我が家へ帰ってきた。

「では、日南子のクッキングタームイム！　グーエンは、いつまでもひっついてないで大人しくリビングにいるか、お風呂に入っていてね」

ついにわたしの腕を振るう時が来た。わたしの後ろから腰に手を回してぺったりと張りついているグーエンに少しばかり叱って見せると、頭に頬ずりをして耳を下げて去っていく。

いつでも一緒にいたいという『番《つがい》行動』の一つなのだそうだけど……邪魔である。

これでは他の番《つがい》の人も大変だろうなぁと思いを馳《は》せながら、包丁を動かして料理を続け、お鍋に水を張って皮を剥《む》いたジャガイモとキャベツを茹《ゆ》でる。

今日は、コロッケとロールキャベツを作るのだ。

ちなみに、コロッケは明日のお弁当にも入れる予定なので、今日は控えめ。

メインはロールキャベツで、ホワイトソースで食べる。せっかくホワイトソースを作るのでしっかりシチューを作ることにする。

揚げ物をするなら、明日のお弁当に唐揚げも追加しようと思い、お肉に下味をつけていく。

「よっと、キャベツの葉っぱはこの辺で回収～」

キャベツがしんなりしたところでお湯からサッと取り出して、水気を切る。肉種には卵とパン粉と塩コショウ、それからお肉をふわっとさせるために、片栗粉を少しだけ入れる。キャベツの芯を捨てるのはもったいないので、細かく刻んでこれも混ぜてコネコネする。

肉種を丸めて、中にソーセージと、同じ長さに切ったチーズも一緒に入れておく。こうしておくとソーセージの濃い味が染み出して、薄味になりがちなキャベツにパンチを出せるのである。

キャベツの葉で肉種を包んで、コンソメスープの中で少し茹《ゆ》でる。あとは蓋《ふた》をして余熱で中まで火を通す感じでオッケー。

このコンソメスープも明日のお弁当のスープとして持っていく。お肉の旨味が出てさらにおいしくなるだろう。

「次はコロッケ。コロッケは揚げたてが一番～」

みじん切りにした玉ねぎとひき肉をフライパンで炒めて潰したジャガイモに混ぜていたら、再びグーエンがキッチンに顔を出した。

「ヒナ、まだかかりそうですか？」

「もう少しかかっちゃうかなー？　それじゃあ、グーエンに仕事をあげる。わたしが丸めたコロッケに小麦粉と卵とパン粉をつけてほしいな。やり方はわかる？」

「ええ、任せてください！」

グーエンはパッと嬉しそうな表情になって、尻尾を振りながらわたしの横に立つ。

なんだか人懐っこい犬みたいだなぁ。グーエンと並んでせっせとコロッケを丸め、今日食べる分だけ揚げる。味見、と一つだけ、二人で熱々のコロッケを分けて食べた。

「どう？」

「美味しいです！」

「じゃあ、シチューを温めたらご飯にするから、リビングで待っていてね」

「なら、パンを持っていきますね」

「うん。お願いね」

おでこと頬っぺたに軽くキスをして、グーエンがパンの入った籠《かご》を持ってキッチンから出ていく。

これからグーエンがキッチンに邪魔しに来る時は、お仕事を分担させよう。料理男子もいいものだ。

スープ皿にロールキャベツを載せて、温めたシチューを上からかける。

シチューの具は鶏肉にニンジン、ジャガイモ、玉ねぎ、ブロッコリーを入れてある。

ブロッコリーを入れたのはわたしの趣味。わたしはブロッコリーが好きなのだ。

「ヒナ、運ぶものはありますか？」

「丁度よかった。ロールキャベツのお皿、持っていってくれる？」

「了解です」

グーエンが二つのお皿を持って出ていき、わたしはコロッケと取り皿を持って後に続く。

それから二人でキッチンへ戻って、グーエンがスプーンとフォークとナイフを、わたしはウスターソースを持っていく。

この世界のソースはお店に自前の容器を持っていって分けてもらうタイプの売り方だ。買う時はわたしの腰くらいある大きな壺《つぼ》から、紅茶ポットくらいの容器に柄杓《ひしゃく》でソースを移してもらう。

元の世界で慣れたものより少し甘めで、果物が多めに入っているのかも？

他にも醤油やオイスターソースなんかも売っていて、セスタ国はニルヴァーナ国より私好みの食文化だ。

二人でテーブルに向かい合って座り、食べ始める。

グーエンに食べてもらう、初めての手料理だ。

「素晴らしいです、ヒナ。こんなに美味しい料理は食べたことがありません！　ロールキャベツの葉にはしっかりとした味がしみ込んでいて、中もひき肉だけかと思っていたら、濃厚なチーズとソーセージで味わい深いです。ヒナは料理の天才ですね」

べた褒めされて、これは料理を作る人間として嬉しい。

「明日はお弁当を作るから、お昼は楽しみにしていてね」

「はい。ヒナの愛妻弁当楽しみにしています」

グーエンはすっかり愛妻という響きが気に入ったみたいで、言われるとこちらが照れてしまう。新妻としては、こそばゆい感じである。

「そういえば、明日はニルヴァーナ国に派遣した人たちが魔道具を持って帰ってくるんだっけ？」

「ええ。それなりに大金を使いましたから、成果があればいいのですけどね」

「あの王様と学者を、ボッコボッコにしてくれる証拠を手に入れてほしいな」

「ヒナが望むなら、ボコボコにしましょうか？」

「あー、いいの！　いいの！　言葉の綾だからね？　グーエンが言うと本当にボコボコにしちゃいそうで怖い」

慌てて首を左右に振ると、グーエンは「遠慮しなくてもいいのに」と目を細めていて、わたしの頬を撫《な》でてゆっくりと尻尾を揺らしていた。

うーん。グーエンに迂闊《うかつ》なことを言うと危なそうだから、言葉には気を付けよう。

夜遅く、我が家に陸兵の警備隊の人が来た。

丁度、そろそろ寝ようかとグーエンにお姫様抱っこをされていたわたしは、そのまま玄関に連れていかれて、真っ赤になった顔を両手で隠して部下の人と対面する羽目になった。

下ろしてほしいと涙目で訴えると、逆に抱き直されて、グーエンの肩口に顔を埋めるしかなかった。

「お休みのところを申し訳ありません。『魔道具』の話は、すぐに報告するようにとのことでしたので！」

この状況をものともせずに、ビシッと敬礼する部下の人はさすがだ。

グーエンは仕事の報告とあって不機嫌な顔はできないみたいだけど、不愛想に「報告を」と促す。

「船から回収された魔道具の魔石は全く機能していなかった、ということがわかりました」

「全く……？　そうですか。では、その魔道具を厳重に保管し、生存者の警備に当てる人員を倍にしてください」

「承知しました！　グーエン隊長の奥方は、いかがいたしますか？」

「ヒナに関しては、私の預かりで大丈夫です。明日にはニルヴァーナ国に派遣していた調査隊も帰ってきますから、戻り次第会議を行うと海兵に通達を頼みます」

「はっ。では、失礼します！」

「ええ。明日は忙しくなりますから、よろしく頼みますよ」

部下の人が帰っていき、グーエンの肩から顔を上げる。するとグーエンはおでこを合わせてきて、わたしが顔を赤くするのを見て機嫌よく二階へ上がっていく。

寝室のベッドに入り、腕枕をしてくれるグーエンにくっつくと、布団の中で尻尾がパタパタと揺れる音が聞こえた。

「グーエン、明日から忙しくなるの？」

「ええ。魔石が全く機能していなかったとなれば、そんなものを売ったニルヴァーナ国の責任は重大です。生存者たちを――、ヒナを守らなくてはいけませんから、気合いを入れてかからないといけません」

「じゃあ、明日も一緒だね」

「私としては嬉しいばかりですから、構いません」

ゆっくりと口づけをされると、心臓がドクドクと騒がしくなる。思わず目を閉じると、食《は》むようにキスされて緊張で体がギクシャクする。

「明日は、お仕事、だから……っ！」

「ええ。これ以上はしませんよ」

チュッとリップ音を立て、唇が離れていく。

グーエンにポンポンと背中を摩《さす》られて、これですぐに寝ろとか無理でしょ！　と、思うけど明日はお弁当を作るのだし、早く寝なくてはいけないと、無理やり目を閉じる。

それにしても、ニルヴァーナ国の『魔道具』が全く機能していなかったとは、さすがに驚きである。

人々の安全と引き換えに得るお金がそれほど大事なのだろうか？

まあ、わたしも売られてしまったわけだから、人の命よりもお金が重要な人たちなのかな、とは思うけどね。

ニルヴァーナ国がなんの効果もない『魔道具』を売っていたとなれば、わたしの証言はより重要になるだろうから、身の回りに気をつけなきゃいけない。

グーエンが傍にいるから安心しているけれど、自分が殺されるかもしれない状況というのは、さすがに落ち着かない。

「ヒナ。明日の朝も、食事を楽しみにしていますね」

「うん。任せて」

グーエンに抱きしめられて、守られている安心感からか、眠りはすぐに訪れた。

朝、目を覚まして起き上がると、パジャマとして着ている長袖シャツの上にエプロンをして、昨日漬け込んでおいた唐揚げ用の鶏肉を冷蔵庫から取り出す。

この世界で便利なのは、やっぱりこうした魔石を使った魔道具だ。冷蔵庫はもちろん、お弁当のスープを入れるスープポットにも魔石が内蔵されていて、これさえあれば、温かいスープがいつでも呑める！

「コンソメスープにベーコン、キャベツ、溶き卵〜」

ふんふんと鼻歌を歌いながら、昨日のコンソメスープに追加の材料を入れてスープポットの蓋《ふた》を閉めた。

唐揚げのお肉に溶き卵を揉《も》み込み、片栗粉と小麦粉を半々で混ぜた粉をまぶして、昨日のコロッケ種の残りと一緒に揚げていく。

昨日の肉種も少し余らせてあるので、平たい俵型にしてフライパンで焼いて、ハンバーグを作る。

「卵焼き……甘いのとしょっぱいの、どっちがいいかな……？」

わたしとしては甘いほうが好きだけど、うーん。ああ、でも甘い味付けが多いって聞いたし、獣人の人たちも甘めの味が好きかもしれない。

お砂糖を入れてチャッチャッと音を立てて溶き卵を混ぜ、フライパンで焼いていく。

このフライパンに入れる時のジュワーッという音を聞くのが好きだったりする。

それから昨日コロッケを作る時により分けておいたマッシュポテトを、薄くバターを塗った小さなココット皿に敷き詰める。上から残りのシチューを少しかけて、さらにチーズを載せてオーブンで四分ほど焼いて焦げ目をつける。簡単グラタンもどきの完成だ。

やたらと流用しているものが多いのは、お弁当屋の知恵ともいう。

お菓子作りが科学の実験ならば、料理は錬金術である、とわたしは思う。一つの種から複数の料理ができて、工夫次第で別のものへも生まれ変わるのだから、料理は奥が深い。

「あとは……バゲットサンド！　一番大事！」

本当はお弁当の定番、おにぎりにしたかったのだけど、今日はパンだ。ニルヴァーナ国と違いお米は売っていたのだけど、我が家にはまだ炊飯器がないのである。

お願いすればグーエンは買ってくれそうだけれど、料理器具とか服とか色々買ってもらったばかりだから、これ以上我が儘を言うのは気が引ける。

わたしが働き出してお金を稼げるようになったら購入を考えたい。

色々思いを巡らせながらも、ゆで卵とハム、チーズを挟んだサンドイッチに、コロッケサンドができあがった。

四角いお重のようなお弁当箱に唐揚げやコロッケを詰め込み、見栄えよく……と、思ったのだけど、茶色い……ッ！　茶色いよ！　全体的にッ！

まぁ、スープもあるし、ハンバーグの上にケチャップでもかければいいかな？　多くは望むまい。

カバンにお弁当とスープポットを入れて、木のコップを二つに木のお皿二枚とフォークを二本入れて、お弁当の準備は完成である。

「よし、完成！　あとは朝ご飯！」

お昼が結構ガッツリ系だから、朝は軽くていいかな？

そろそろグーエンを起こしにいって、そのあとパッと目玉焼きとウインナーを焼いて、パンをトーストするぐらいでいいかも？

よし、そうしよう。

足取り軽くトントンと階段を上り、ベッドの上で眠るグーエンにそっと顔を近づける。

チュッと素早くキスをして顔を離して、グーエンの体を揺さぶった。

「グーエン、朝ですよー」

「おはようございます。ヒナから、いい匂いがしていますね」

「お弁当を作っていたからかな？　朝ご飯を作っちゃうから、着替えて下に降りてきてね？」

「ヒナ」

「なに――って、わっ！」

腕を掴まれてグーエンの腕の中に引き込まれる。あわあわと焦るわたしに、グーエンは笑顔でキスをしてきた。

「わーっ！」と騒ぐと、「先ほどのお返しです」と言われて、わたしはますます騒ぐ。

「起きていたなら、ちゃんと言ってー！」

「ヒナが起こしてくれるのが嬉しくて」

「～ッ！」

「ヒナ、可愛いですね」

朝から人を揶揄《からか》うなんて悪趣味だ！　と言いたいけど、グーエンの場合は揶揄《からか》うというより、可愛がっているに近いし、十中八九、本気で言っている。

どうやら、『番《つがい》』というものは相手が一番好きな匂いを発するらしい。わたしはどれだけグーエンの好きな匂いをしているのやらだ。

グーエンに耳を甘噛みされて、「んっ」と声が出る。

自分でも驚くくらい甘えたような、鼻にかかった色っぽい声だった。

あ、これはまずいかも？　と、首を振ると耳に吸いつかれた。声を出さずに口をハクハクと開閉させて耐えて、ゾクゾクとした感覚を凌《しの》ぐ。

「グー、エンッ、今日は、お仕事忙しく、なるって……」

そう、今日から忙しくなると、ご本人様が自ら言っていたはずなのだ。

これ以上は変なことはされないはず……と、思っていたのに、なんでエプロンの紐を外している

のかーッ⁉

耳朶を舐められて、またゾクゾクと腰の辺りまで熱がこもってくる。

「っ、だから、今日、お仕事……ッ」

「ヒナがこんなにいい匂いをさせているのに、我慢しろというのは無理です」

「お弁当なら、お昼に食べて、ってば……やぁっ、んんっ」

なんで耳なんて変なところが感じるのか自分でもサッパリなのに、刺激されると声が上擦って、体が震えてしまうから困る。

はふはふと耐えながら呼吸を繰り返す。お尻がスースーすると思ったら、パジャマにしていたシャツをめくり上げられていて、手で裾を押さえると、今度は前からシャツをめくり上げられた。

「ちょっ、や……っ」

「いい子だから、脱いでおきましょうね」

抵抗したものの、簡単に着られて脱げるお手軽シャツはあれよあれよという間に脱がされてしまった。これをチョイスした自分も悪いけど、グーエンは、人の服を脱がせすぎである。

「うぅー……」

「ヒナがいけないのですよ？　新妻がエプロンをして寝室に来て、キスなんてしたら、誘っているようなものです」

「誘ってない～ッ！」

「今日は私がヒナを抱いて歩きますから、安心してください」

それっていつもと変わらなくない？　抱いて歩いたり、座る時に膝の上に乗せたりは、日常茶飯事である。微笑みで騙されてはいけない。

この優しい笑顔はわたし専用で、普段は部下の人たちを氷漬けにしてしまう『氷の微笑』のグーエンだ。騙されたら、食べられてしまう！　そっちの意味で！

抵抗はもちろんしたのだけど、キスをしている最中に下着を脱がせてくるし、本当に手早すぎて気づけば丸裸にされていた。

上にのしかかられて、防御力ゼロ状態のわたしの頭の中には『たたかう』『にげる』『ぼうぎょ』『かいわ』とゲームのような選択肢がぐるぐると回り、パニック状態だった。

とりあえず、『ぼうぎょ』で胸を手で隠すと、両手をひとまとめにされ頭の上に片手で押さえつけられるという漫画で読んだことがあるようなシーンを体験することになった。

選択肢、失敗！

グーエンは首筋に唇を当て、時間をかけてぢゅっと吸ってくる。

「んっ、こんなこと、していたら……時間が……」

「調査隊が船で帰ってくるまでは、まだ時間がありますよ」

「う～っ、恥ずかしいの！　朝からはやめようよー！」

「仕方がないですね。なら一回だけで終わらせてあげます。残りは夜にしましょう」

うん？　これ、交渉成立しているの？　むしろ悪化した気がするのは気のせいじゃないよね？

グーエンは首筋を舐めてそのまま舌を胸にまで這《は》わせる。中心の少し上にキツく吸いつかれると、肌に赤みが差す。

「キスマークはダメ、って、いたぁ……んっんっ、噛んじゃダメッ！」

「今日のヒナは禁止事項が多いですね。それとも、『ダメ』は『イイ』ということですか？」

「ダメはダメに、決まっているでしょ……」

胸を噛まれたら、普通にダメって言うに決まっている。なにを言っているんだこの人！　と涙目で睨みつけるけど、グーエンは乳首を口に含んで吸ってきた。

「きゃんぅ、やっ、やぁ」

口の中で舌が乳首を捏《こ》ねくり回して、わたしの両手を押さえているほうとは逆の手がもう片方の胸を舌の動きに合わせるように揉《も》みしだく。

グーエンの手の中でツンと乳首が勃ち上がって、舌で乳首を押されたかと思うと逆側の乳首も指で押されて、そのままグリグリと弄《いじ》られて、鼻にかかったような声が洩れる。

「あ、やぁ、んぅぅ、やだって……ばぁ……っ」

もじもじと内腿を擦り合わせて身をよじらせると、股の間からとろっと愛蜜が溢れて、お尻のほうへ伝いシーツを濡らすのがわかった。

なんでこんなに濡れるのが早いのーッ！　と、騒ぎたいけど、原因はわかっている。

濡れてないと行為が大変だから、わたしの体が自分を守るために反応しているのだ。

そう、こんな愛撫に感じたわけじゃ……ふぇーん、感じているから、困るーッ！

第一、気持ちいいことを教えられた体は、グーエンに抱かれたら快感を得られるのを知っている。

エッチは気持ちいいけど、獣人さんたちは鼻がいいから、なにか気づいているような気がして恥ずかしい。

「はぁ、んっ……やだぁ、だめ、だめったらぁ」

いやいやと首を振っても愛撫の手は止めてもらえず、胸の蕾《つぼみ》をピンッと指で弾かれて、体をビクつかせて喘いだだけだった。

ようやく唇が胸の先端から離れてホッとしたのも束の間、グーエンの手が濡れそぼった割れ目をくぱりと左右に開く。

「ヒナ、すごく濡れていますね。ヒナも嫌じゃないでしょう?」

「知らない……もっ、やだぁ……」

愛液でぬるぬるになった割れ目に指が挿し込まれて、浅い場所を出入りすると水音がちゅくちゅくと音を立てる。

「やっ、ん、やぁ、はぁ、そこだめ、やぁ」

「こんなにヒクついてぐちゃぐちゃになっているのに、ダメではないでしょう? やはり、ヒナの『ダメ』は『イイ』ということのようですね」

「違う、からぁ……あぁぁんっ、動かしちゃ、やだぁ……だめなの……っ」

「ヒナ、可愛いですよ」

浅い場所に気持ちいいところがあったのかアッサリと昇りつめてしまう。絶頂で頭が真っ白になっていると、グーエンは押さえつけていたわたしの両手を放してくれた。

自由になったところで、達した後の余韻で手を動かすこともできないのだけどね。

快感で熱を持った体を持て余しながらグーエンを下から見上げていると、グーエンが退いた。かと思えば、お臍《へそ》の下の肉にチュウッと吸いついてきた。

「今は、ダメ……ひぅっ」

「どうして、今はダメなんです？」

どうしてって……それは、達《イ》ったばかりで感じるから……なんて言えるわけない。

つぅっと指でお腹を撫《な》でられて、ビクビクと体が反応する。指を噛んで耐えようとすると手を取られて、グーエンの口元に指先が触れる。

「噛んだらいけませんよ。声なら、いっぱい聞かせてください」

「やだ……」

「そう言われると、意地悪してみたくなりますね」

サドか！　と思いながら、涙目でふるふる横に首を振ると、グーエンは小さく笑って、わたしのお腹の下のほうへ唇を這《は》わせ、ちゅむっと音を立てて吸った。手は恥丘に掛かり、花弁を割って、ドロドロになった蜜口から淫液を掬《すく》い取る。濡れた指でぬちぬちと音をさせながら花芯を擦《こす》ってきた。

「やっ、やだぁ、そこは、やぁ、んっ、んっ、んーっ」

「ここが弱いのは知っていますよ。でも、気持ちいいのも知っていますから」

「やっ、あっ、グーエン、やだってばぁ、んっ、あっ、あっ」

連続して与えられる花芯への刺激に、下腹部の奥で快感が昂って熱が籠《こも》り、そこにばかり集中してしまう。

花芯を指で摘まれて、クリッと弄《いじ》られた刺激で、ビクンッと体が仰け反った。

もう、なにも考えられない――ッ！

「やあぁぁんッ、ぁぁ」

甲高い声が出て、お腹の中の芯が弾け、体は力なくベッドに沈んでいく。

仰向けではふはふと息を吐くわたしの両足の膝裏が、グーエンに持ち上げられた。左右に広げられながら引き寄せられると、蜜口に熱く猛ったものがあてがわれ、滑った隘路《あいろ》を押し広げながら挿《は》入《い》ってきた。

「やんん……ッ、ぁ、はぁ、無理ぃ……」

グーエンの肉棒の熱さと硬さが妙にリアルというか、生々しく自分の中に伝わる。

絶頂の余韻だけが残る胎内《なか》は、この圧迫すら気持ちいいと認識するのか、言葉では否定しても、もっと奥にきて動いてほしいと思ってしまう。

「気持ちよさそうですね。目が潤《うる》んで、唇が誘っていますよ」

「はぁん、ん……っ、そんなこと、ない……あっ、んっ」

腰を引き寄せられて、ズンッと奥処《おくか》まで先端が届く。

お腹の中が戦慄《わなな》くようにヒクつき、グーエンの手がわたしの腰を掴んで動かす。引き離しては引き寄せてを繰り返され、雄棒が媚壁を擦《こす》るたびに、嬌声が洩れた。

「あっ！　奥……ッ、だめ、ああんっ、そこ、やぁ、んくぅ……ッ」

「意地を張ってないで、感じるままに口にしていいですよ」

「やだぁ……、あっ、あ、あっ、んんッ！　グーエンの、ばかぁ」

腰を引き離されて男根が中から出ていき、息を吐いた瞬間、一気に奥まで貫かれた。

衝撃で足の爪先までピンと張って、はくはくと口を開閉するとグーエンが円を描くように腰を動かす。子宮口と鈴口が奥でコリコリと擦《こす》れ合って、わたしはビクビクと小刻みに震えることしかできない。

「はぁ、すごい締めつけですね。一回と約束したので、これでも耐えているのに」

「ふぁぁっ、動いちゃ、やだぁ……んっ、ぅ、っ」

「まぁ、帰ってきて、夜のお楽しみもありますから、この辺にしないとヒナが辛いでしょうか？」

小さく頷くと、「これはヒナに貸しですよ」とキスをされた。グーエンが腰を動かし、わたしもこれで終わるのならと、揺さぶられて気持ちよさのままに声を上げる。

「あんっ、あ……ッ！　達《イ》っちゃうっ、気持ち、いいの、あ、あ、ッ」

「ヒナッ、こんな時に、素直になるのは……卑怯ですよ」

「あん……ッ！　んくぅ、もっ、も、達《イ》っちゃ、あああッ！」

体中で気持ちいいと感じるのと同時に、顎を上げて「はぁん」と息を吐くと、腰をグッと引き寄せて結合部を密着させたグーエンが欲望を蜜壷に吐き出した。

ブルッと身震いするグーエンは目を閉じていて、ふぅと息を吐くと目を開けて、わたしと目線を合わせる。

「ヒナの顔を見ていると、何度でもしたくなるのが困りものですね」

「グーエンの、エッチ……」

「ヒナを愛していますから、いつだって体も心も繋ぎとめておきたいのです」

唇が重なって、グーエンはしばらく口腔を味わい、満足してから唇を離した。

「お風呂に入ってから、朝食にして仕事に行きましょうか。お昼のお弁当も楽しみです」

「も、少し待って……体がヘトヘト……」

「なら、お風呂は私が入れてあげますから、ヒナはなにもしなくていいですよ」

グーエンに抱き上げられてお風呂に運ばれ、体を洗われていると、不意に先ほどの言葉が頭をよぎった。『貸し』ってどういうことだろう？　まさか、わたしがわがまま言って中途半端に終わらせたのだから、その分夜は激しく……なんて、ことはないよね？

ちょっと背筋が寒くなった。


警備塔の会議室にコツコツとブーツの音が響く。部屋の中央で、団長のリヒトルさんが調査隊の購入した『魔道具』の解析結果を発表した。

「ニルヴァーナ国で購入した魔道具も、船から回収したものと同じく全て魔石が機能していないことが判明した」

周りからは「やはりな」という声が上がる。

その声を聞きながら、わたしはうつらうつらと小舟を漕いではハッと目を開ける。

グーエンの腕の中でフルフルと頭を左右に動かし、わたしは夢うつつで会議に参加していた。

だから、朝からはダメだと言ったのに……

＋＋＋

「——ということで、ニルヴァーナ国で購入した『魔道具』、四点すべてが使い物にならず、魔石の魔力が消えている状態でした」

深緑色の警備服を着た陸兵の調査員が、今回の魔道具購入にかかった金額を提示し、魔道具四点を会議室の中央に置く。

それは馬の頭に人魚の下半身をかたどったもので、沈没した船から回収したものと同じデザインのものだった。

「まだニルヴァーナ国は気づいていないのですね？」

「はい。まだ変わらず販売を続けているようです」

ぐぅー……

ぐきゅるるるー……

「ニルヴァーナ国と言えば、先月、勇者が魔王を討伐したということですが、そちらについては？」

「勇者は魔王を倒すと共に、姿を消したとのことです。ですが、勇者の倒した魔王の財貨を巡って、国中で諍《いさか》いが起きているそうです」

ぐきゅるぅー……

ぐぅー……きゅるるー……

「どういった諍《いさか》いが起きているかも調べましたか？」

「財宝について、ニルヴァーナ国が所有権を主張したり、勇者の仲間だった者たちが自分たちに平等に分けられるべきだと騒いだり、勇者の妻や恋人を名乗る者たちが権利を主張して、それぞれが大騒ぎしていますね。魔王の財貨だけでなく、国から与えられるはずだった報酬も含めると、三億シグルほどになると言われています」

ぐきゅるー……ぐきゅー……

「ってぇええ――――っ！　うるさいわっ！　お前らの腹の虫は、どうにかできんのか⁉」

リヒトルが吠えると、会議室内の全員がグーエンに注目する。

銀色の髪をした狼獣人の美丈夫グーエン・テラスは元々感情の薄い男で、言葉遣いこそ丁寧だが、怜悧な態度とその無慈悲さから、昔から『怖い』『冷酷』というイメージが付きまとう男である。

それが今は、膝の上に黒髪の小柄な少女ヒナコを乗せ、その頭に頬を擦り寄せて目を細めている。

ついでに言えば、ものすごく食欲をそそるいい匂いを漂わせているのである。

匂いの原因は、グーエンの腕の中のヒナコが大事そうに抱えているカバンだった。

「グーエン隊長、ヒナが持っているソレ、すごくいい匂いですね！」

物怖じしないシャマランが声を掛けると、グーエンは口元を緩ませる。

グーエンの表情が優しく崩れるのは、かなり珍しい現象であった。

「ヒナが、朝から『愛妻弁当』を作ってくれましてね。これはそのお弁当です」

「へぇー。お腹空きますよね。その匂い」

フッと笑うだけで、グーエンはお裾分けはしないらしい。

ヒナコを見ると、半目で眠気と戦っている。

鼻のいい獣人には、食べ物の匂いがふわふわしているとお腹が勝手に鳴るので、『新婚家庭爆ぜろ！』状態なのである。

「あー、グーエン。弁当か嫁さん、どちらか置いてこられないのか？」

これでは会議にならないと、リヒトルが溜め息交じりに尋ねると、グーエンは「では、あとで会議のまとめを聞きますので」と、ヒナコを抱いて席を立つ。

「待て待て。隊長が会議を放り出すな……」

「どうせ報告書を読めば済む話ですし……というか、この報告のみの会議自体無駄では？」

「グーエンッ！」

「大声を出さないでください。ヒナが怖がるでしょう」

「～ッ！」

すっかり『番《つがい》』に骨抜き状態のグーエンにリヒトルも諦めたようで、部下たちの腹の大合唱を聞きながら会議を続行した。

会議が終わる頃、ヒナコが大きく欠伸《あくび》をして覚醒する。

解散すると同時に、グーエンの部下たちはヒナコに、お弁当から漂ういい匂いのおかずはなにかを聞きに殺到した。

「多分、唐揚げかな？　お醤油とみりんとお酒と塩コショウに生姜を混ぜ込んで、一晩寝かせたの。揚げる前に卵に潜らせたから、冷めても美味しいのですよ」

本日、イグラシアの総菜屋で一番売れたのは、唐揚げだった。

＋＋＋

「はい。愛妻弁当第一号だよ！」

食堂のテーブルでお弁当を広げ、会議終わりのお昼休みをグーエンと過ごす。

警備塔の中でご飯を食べるのは、初めてのことだった。

奥のカウンターでは、トレイを持った隊員たちが食券札という木の札と交換で料理を受け取っている。

壁一面が窓になっている食堂は開放感があり、十人ほど座れそうな長テーブルが並んでいた。

持ち込みも自由なため、周りには外で買ったと思しき唐揚げや揚げ物系の総菜を食べている人たちが多い。

わたしたちはお弁当なので、持ち込み組に入る。

朝作ったコンソメスープを木のコップに注いでお弁当の横に並べると、見た目のバランスがよくなった。

「ヒナの『愛妻弁当』……食べるのが惜しいです」

真剣な顔でそんなことを言うグーエンに「はい。あーん」とフォークで唐揚げを差し出すと、グーエンはパクッと口の中に入れてモグモグと口を動かす。

「よく噛んで食べてね」

返事の代わりに尻尾をフリフリと動かして答えるグーエン。久々に、お弁当を食べてくれる人の顔を見て、わたしがキッチンカーでお弁当を売りたいと思っていたのは、この笑顔を見るためだと思い出した。

両親から愛情を与えられなかった、愛情に飢えたわたしの心を満たしたのは、お弁当を売る人の楽しそうな表情と、買っていく人の笑顔だった。

お弁当箱を開ける時、お弁当を手渡してくれた人の顔を思い出しながら、美味しそうな匂いにいつもワクワクしていた。わたしがお弁当箱を受け取って笑顔になれたように、他の誰かを笑顔にしたい。わたしの夢はそこからはじまったのかもしれない。

キッチンカーの『箱弁小町』で働いて、わたしは笑顔に囲まれて嬉しかったのだ。

勇者召喚に巻き込まれて、その日々は終わってしまったけど……

ここで、この笑顔を見られるのなら、幸せかもしれない。

「ヒナ、どうしました？」

首を傾げるグーエンに、わたしはこういうお弁当もいいかな？　と、笑ってみせる。

「明日もお弁当、頑張るね！」

「ええ、楽しみにしていますね」

「なにかリクエストはある？」

わたしの言葉に周りの警備兵の人が、バッと手を上げる。

「「「唐揚げ！　山盛りくださいっ！」」」

「はい？　えっと、お弁当ですか？」

コクコクと警備兵の人たちが頷いて、「隊長ばっかりズルい！」と声が上がり、グーエンが眉間にしわを寄せていると、横から手が伸びて唐揚げが二つヒョイッと持っていかれた。

リヒトルさんと、ここの食堂のオジサンだ。

「んっまいな！」

「こりゃいいな！」

「なにを意地汚いことをしているのです？　これは私とヒナの弁当です」

「ふふっ、まぁまぁ。グーエン、まだあるから、ね？」

グーエンがリヒトルさんを睨みながらヴヴヴッと唸《うな》る。本当にリヒトルさんには感情がよく出るなぁと微笑ましく見ていたら、食堂のオジサンに声をかけられた。

「これも味見していいか？」

「あっ、はい。どうぞ。まだありますから」

ハンバーグを食べた食堂のオジサンから「これ、メンチカツにしてもいけるんじゃないか？」と、言われて「ええ、いけますね。でもコロッケもあったので」と、話をしていたら、コロッケを入れたバゲットサンドが、どこからともなく伸びてきた手に持っていかれる。

シャマランがバゲットサンドを掲げて「もらっていい？」と言ってきたので「どうぞ」と答えると、ニコニコとかぶりつく。

「あっ、これ。ウマーッ。ヒナコ、これウマッ！」

「うちのお店、『箱弁小町』の自慢の味だよ。まぁ、本当はハーブとか入れたいんだけどね」

「そうなんだ。今度、それも作ってよ」

「うん。庭のハーブが育ったら作るよ」

「約束ね。あっ、グーエン隊長、約束したんですからね！　独り占めダメですから！」

ホクホク顔で食べているシャマランを、グーエンがギロッと睨む。

「俺も！　俺も欲しいです！」

「唐揚げ欲しい！　唐揚げー！」

「えっと……どうぞ？」

バッと四方から手を伸ばしてきた警備兵の人たち、グーエンが「全員戻れ！」と、怒鳴ったものの結構な数が奪われてしまった。

「ハァー……私の『愛妻弁当』が……」

「あはは－。でも、面白かったね。グーエンには明日も作るから、ね？」

「ヒナの『愛妻弁当』は私のものなのに」

耳を下げるグーエンを見ていると、グーエン限定のお弁当屋さんになろうかな？　と、思った。

そんなわたしに、食堂のオジサンが声を掛けてくれた。

「お嬢ちゃん。この食堂で料理、やってみるか？　どうせ午後も隊長さんたちは忙しいんだろ？　だったら、ここで明日の分の唐揚げを仕込んで、明日の昼飯にすりゃいい。あいつらの食う量を家で作るのは大変だろうしな」

「いいの⁉　やりたいです！」

「ヒナッ⁉」

わたしとしては、作ってほしいと言われたからには、作ってあげたい。

だけどあれだけの人数相手だとお肉が冷蔵庫には入らないと思っていたから、ここの食堂を使わせてもらえるなら万々歳だ。

グーエンは「部下のご飯なんてどうでもいいです！」と、騒いでいたけど、リヒトルさんと警備兵の人たちに連れていかれて、午後からは離れて行動することになった。

食堂のオジサンはバイカル・ヤンゴさん、五十歳。兎の獣人で、コック帽の中にはピンと立った兎の耳があった。

灰色の髪は短く、黒い目は少しツリ目。とても人の好い性格でおおらかな感じの人だ。

食堂はお昼時間を過ぎると途端に人がいなくなり、残っているのは、私の警護についた陸兵と海兵の人が一人ずつ、あとは厨房にバイカルさんと、双子のコック見習いのゼファー・ロッドさんとリビー・ロッドさんだけだった。

二人は栗鼠《りす》の獣人。ふわふわの尻尾が可愛い男女の双子で、ゼファーさんがお兄さんでリビーさんが妹さんである。

ちなみに年齢は二十一歳。わたしと身長が変わらなくて可愛い……栗色の髪にくりっとした焦げ茶色の目が庇護欲をそそるので、獣化したらもっと可愛いだろうなぁと、思ってしまった。

「鶏肉はゼファーとリビーが二人で切っていく。オレとヒナコは肉の味付けだ」

「「はいっ！」」

「頑張ります！」

体力が有り余っている獣人さんの、しかも警備兵という体力お化けの人たちが相手となると、食べる量が量なので、大きめの鶏肉を大量に切る。まずは塩コショウで下味をつけてから、醤油、お酒、みりん、生姜とともに大きなお鍋に投入し、揉《も》み込んでいく。

わたしの腰ぐらいありそうな鍋がお肉で一杯になって、それをカートに載せて大きな冷蔵室へ運び、明日の朝まで寝かせておく。

これを明日、溶き卵に潜らせて粉をまぶし、油で揚げたら完成だ。

「ふぃー。結構作りましたね」

「あとは、唐揚げ以外になにを作るかだな」

「「鶏肉がまだ余っているよ！」」

「んーっ、キノコはありますか？」

「「あるよ」」

「ヒナコ、なにか案があるのか？」

わたしとしては、食材は無駄なく使いきりたい。

実は唐揚げに使う溶き卵は余りやすく、コレをどうにかしたいのだ。

「チキンとキノコを使った、クリームポットパイはどうですか？」

「それは手間がかかるし、鶏肉が余ってるったってそこまでの量はないから、そんなに大量には作れねぇぞ」

「そうです。限定で二十食くらい。唐揚げに使った溶き卵をパイ生地の上に塗ってオーブンで焼けば照りも出るし、肉の風味も付いていい味になりますよ」

「『限定品‼』」

「なるほどな！　それなら、ジャガイモ、玉ねぎ、ニンジンにほうれん草も追加して、もう少し量を増やすか！」

「『やろう！』」

ゼファーさんとリビーさんが材料を切り、わたしは小麦粉とバターと牛乳でクリームソースを作る。パイ生地は、バイカルさんの担当だ。

お鍋の中に具材を入れ、クリームソースと一緒に煮て、塩コショウで味を調《ととの》える。大きめの深皿二十皿に流し込んで、これも一晩冷蔵室で寝かせておく。

明日のお昼にパイシートを上に乗せ、溶き卵を塗って焼き上げれば、美味しいチキンとキノコのクリームポットパイのできあがりだ。大きい深皿だから、量も申し分ない。

「あとは明日、米を炊いておけばいいな」

「お米！　ここって炊飯器があるんですか!?」

「ああ。デケェのがあるぞ」

「見たいです！」

バイカルさんに厨房を案内してもらうと、そこにあったのは蓋《ふた》の付いた丸い木の器だった。開けるとふわっと湯気が広がり、ほかほかのご飯が現れる。

木の器の中に鉄釜が入っているらしく、木と鉄釜の間に魔石が仕込んであるらしい。

「かたちがこれだから、探しても見つからなかったのね……」

「炊飯器を探してんのか？」

「はい！　でも見つからなくて、高級品だから簡単に売ってないのかなって思ってたんです」

「金物屋や米屋に行けば置いてるぜ」

「お金を貯めて、今度買います！」

金物屋さんに売っているなら、鼠獣人のオジサンに頼めばいいものが手に入りそうだ。

「隊長さんならすぐに買える値段だろうから、頼めばいいだろ？」

「グーエンには調理器具とか色々買ってもらったばかりで……散財させすぎているので。わたしが働いてお金を貯められればいいんですけど」

「ふぅん……んじゃ、ここで働いてみるか？」

「いいんですか!?　是非っ！」

バイカルさんの手を握ってブンブンと握手したまま上下に動かすと、ゼファーさんとリビーさんも一緒に握手してくれた。

雇用契約書をもらって、一応グーエンにも相談してからサインすることにした。

「とりあえず、今から夜勤の奴らの飯を仕込むが、ヒナコはなにか案はあるか？」

「お米を使っていいなら、焼きおにぎりが作りたいです！」

「ヤキオニ……なんだ？」

「焼きおにぎり、知りません？」

「残念ながら、聞いたことがないな。ヒナコ、やってみてくれ」

「では、まず四個だけ作りますね」

自分の分とバイカルさんたちの味見用である。

炊飯器から四人分のお米をよそって、ごま油とお醤油とみりんに、刻んだ紫蘇《しそ》と白ごまを混ぜる。

三角おにぎりを握って、フライパンで焦げ目がつくまで両面を焼いていく。

元の世界ではオーブントースターで焼くことが多かったのだけど、業務用オーブンしかないここでは火加減が難しそうなので、フライパンでやってみた。

「はい。焼きおにぎりです！」

できあがった焼きおにぎりをお皿に並べると、バイカルさんが「おぉ」と声を出した。

マジマジと見たあとバイカルさんが口にして、ゼファーさんとリビーさんも続く。

「米を『オニギリ』っていうかたちにするってのは初めてだな」

「おにぎり、しないですか？」

「米はそのまま出すか、混ぜ飯にするぐらいだ。こういうふうに握るって発想がない」

「じゃあ、ダメですか？」

「いや。美味い！　たくさん作って、今日の夜勤組に食わせるか」

「賛成！　ヒナコ、握り方教えて」」

四人でせっせとおにぎりを握り、ついでなので他の具を入れた普通のおにぎりも作って、俵オニギリも披露した。

「食堂からいい匂いがする！」

「隊長のチビ嫁が、なんかまた美味そうなの作ってる！」

「これは夜勤の奴らの分だ！　手を出すなよ！」

焼きおにぎりの香ばしい匂いに釣られた警備兵の人たちがワラワラと食堂に顔を出しては、バイカルさんに追い返されていた。

本日の夜勤の人たちのご飯は、『焼きおにぎりと卵焼きと魚の煮付け定食』となった。

「ヒナ。迎えに来ました」

「グーエン。あのね、わたし……食堂で働いてもいい？」

食堂に顔を出したグーエンに、雇用契約書を読んでもらう。

わたしはまだ文字は全然読めないから、グーエンに頼るしかない。

この世界で生きていくなら、文字も覚えていかなければと、思う。

「グーエンがお仕事の間もここにいるし、グーエンと一緒にお昼ご飯も食べられるし、こうやって帰る時も一緒だよ？」

作った焼きおにぎりをグーエンの口に詰め込みながら、お願いしてみた。

「仕方がないですね……ただし、無理はしないこと。私が休みの時は一緒に休みを取ること。それが条件です。いいですね。いいですか？」

「うん！　やったー！」

グーエンのお休みは二日おきに一日ずつらしく、それに合わせてわたしもお休みをもらうことになった。

お給金は一時間九百シグルだけど、料理のアイデアが採用されればボーナスがもらえるらしい。

今日のおにぎりの分もお給金に入れてくれるそうだ。

わたしの働き口が決まったので、これで我が家の貯金も少しずつ増えていくといいなぁ。

警備塔からの帰路、明日のお弁当のおかず用に鶏肉と香辛料をいくつか買い足して、炊飯器も購入してもらった。

本当はわたしのお給金が出てから買うつもりだったのに、バイカルさんが「ヒナコの就職祝いに炊飯器を買ってやれ」とグーエンに言うものだから、炊飯器を欲しがっていたことがバレたのである。

「言ってくれたらよかったのに、困った人ですね」

「それは、さっきも言ったけど、高級品かもって思っていたの」

「たとえ高級品でも、ヒナのためなら購入しますよ」

「だって、海で拾ってもらってから、いっぱい使わせちゃったし、貯金がなくなっちゃうでしょ？」

「今まで給金はほとんど使っていませんでしたから、多少の散財ぐらい大丈夫です」

でも、わたしに二千万シグルもの大金を使って、八百万シグルしか残っていないのに。というかその後も色々買ってもらっているから、もう八百万シグルを切ってしまったかもしれない。

それに高級品と思っていたから二、三百万くらいしたらどうしようと思っていたのだ。

でも二万シグルで買えたし、オマケにお米を十キロももらってしまった。

金物屋さんよりお米屋さんで購入したほうがお得だ、とゼファーさんとリビーさんが教えてくれたのが、大正解だったのだ。

「グーエン、重くない？」

「ヒナこそ。重くないですか？」

「全然、平気だよ」

わたしがお米と炊飯器を抱えて、そのわたしをグーエンが抱き上げ、さらにお肉や調味料、お弁当の空箱のカバンを持って歩いている。

グーエンは警備のお仕事をしているため筋肉があるし、背も高いからなんでもできて苦労がなさそうに見える。

家に帰って、早速夕飯の準備に取りかかる。今日は昨日のシチューとパン、それから明日のお弁当用に買った鶏肉の半分をソテーするくらいで、簡単に済ませるつもりなのである。

「ヒナ、今日は明日の弁当の下ごしらえはしますか？」

「十分もあればできるから、明日の朝やっちゃうよ」

「そうですか。では私はお茶を淹れて、リビングで待っていますね」

「はーい。ついでに夕飯のパンも持っていってね」

グーエンに焼いたパンを運んでもらい、鶏肉と添え物のアスパラガスに塩コショウを振ってフライパンで焼きつつ、シチューを温めて、お皿を今のうちに準備してしまう。

料理は段取りが大事なので、テキパキ無駄なく動きたい。

シチューは木の深皿に、白い陶器のお皿の上にソテーとアスパラを載せていく。

リビングに持っていきテーブルに着くと、グーエンが白いマグカップにお茶を淹れてくれて、二人で仲良く夕飯を食べはじめる。

「ヒナに聞きたいことがあるのですが……」

「なに？」

「勇者アカツキに、付き合っている女性や恋人はいましたか？」

「暁さん？　んーっ、魔王退治前にパーティーで女の人に囲まれているのは見たけど、わたしに助けを求めるぐらいの奥手だったから、いなかったと思うよ？」

「勇者の財貨を王国、元仲間、恋人と名乗る人々が取り合っていると聞きまして」

「そういえば、わたしが牢屋に入れられる前に、そういう人たちがいっぱいいたね」

勇者の子供だと言い張るために赤ん坊の髪を黒く染めている人や、自分自身が黒髪に染めている人もいた気がする……

流石に黒目の人はいなかったけど、財貨に目が眩《くら》んだ人たちはなにをしでかすかわからなくて怖い。

グーエンがわたしの手を握ってくる。なんだろう、と思って小首を傾げると、辛そうな顔でわたしを見た。

なにかグーエンを悲しませるようなことを言っただろうか？

「ヒナは、ニルヴァーナ国で、どんな扱いを受けたのですか？」

「一年前を知っているでしょう？　勇者のオマケ扱い。せいぜい穀潰《ごくつぶ》しにならないように働けって、勇者召喚の日から、毎日のように仕事をしていたよ」

そう言うとグーエンは難しい顔をして押し黙ったので、わたしは頬を掻く。

「あっ、でもね。用意してもらった家は、すごくよかったんだよ。広かったし、毎日お風呂に入れたし……まぁ、本当はわたしが払えるような家賃の家じゃなかったんだけどね」

だって、家を用意したなんて言われたら、無料だと思うし……家賃の話なんて一切聞かされなかったのだ。

借金を背負ったわたしを買うのに貴族が二千万シグルも値を付けたのだから、相当高級な家だったのだろう。

「えっと、それでね。暁さんが元の世界に帰ってしまって、王様たちに『魔王を倒すまでという約束だっただろう』って、身ぐるみ全部剥がされて。これまでの家賃分を回収するために、貴族に売られる間、牢屋に居たの……うーん。わたしが家は無償だと勘違いしたのが……そもそもの間違いだったのかなぁ……？」

だったら、初めから身の丈に合った家を貸してくれって話だけどね。

暁さんの恩恵がなくなった途端これだし……、でも暁さんがニルヴァーナ国に帰ってきていたら、きっと暁さんから、家賃を回収していたのだろうなぁ。

あの国の王様たちならやりそうだ。

「ヒナ……家を用意された時に、契約書は書きましたか？」

「ううん。書いてない」

「だとしたら、ヒナは騙された可能性があります。契約の交わされていない貸家に、家賃を払う義務はありませんし、その分を回収することも、普通はありえません。立ち退き要請ぐらいはできるでしょうが」

「……つまり、わたしは、いいようにされちゃっただけ？」

「おそらくは……」

ぐぬぬ……まぁ、いまさら言っても仕方がないことだよね。

異世界のことを知らないとは言っても、普通に考えればわかったことだったのかも。

あの時はいきなり牢屋に入れられたから、わかったとしてもわたしになにかできたかは怪しいけど。

食事のあともグーエンは小難しい顔をしていて、わたしがキッチンでお皿とお弁当箱を洗っている間、会議で配られた書類に目を通していた。

「グーエン、お仕事忙しい？」

「いえ、目を通していただけですから」

「お茶でも飲む？」

「それよりも、お風呂に入りましょうか。明日も仕事ですし」

「うん……あの、グーエン」

「どうしました？」

先ほどからグーエンがわたしを切なそうに見るのが気になっていたので、意を決して聞いてみる。

グーエンの膝の上にちょこんと乗って、じっと目をみながらね。

「わたしに言いたいこと、ある？　わたしのこと面倒な厄介者だと、思っている……？」

家賃を払うことすら頭になくて、おまけに考えればすぐにわかるようなことで騙されるようなドジな人間だし、異世界人とはいえ、常識知らずすぎて引かれたかな？　と、お皿を洗いながら、うーんと悩んでしまったのだ。

「ヒナのことを厄介だなどと思ったことはありませんよ。まぁ、騙されやすいところは心配ですが……」

「それは、まぁ……これから気を付けます」

「そうですね。これからは私がヒナを守りますから、安心して良いですよ」

ふわっと爽やかに笑うので、顔を近づけすぎたと両手で目を隠すと、手を取られ、余計に顔が近づいて、啄《ついば》むような口づけを繰り返す。

顎を掴まれて、舌を口の中で動かされると、唾液が絡んでちゅくちゅくと音を立てる。唇の端から唾液が溢れる。

「んっ……、ん」

ついこの間まで処女だった女にディープキスはキツい……グーエンがペロッと唇を舐めて、ブラウスのボタンを外して手を入れてきた。

胸を弄《いじ》りながら、尻尾が楽しそうに揺れている。

「ヒナの胸は柔らかくて、触り心地がいいですね」

「やだ、そういうこと、言っちゃ……んっ、ふあっ、あんっ」

朝の続きをする気だろうか？　夜やるって言っていたけど、寝る前にするのかと思っていただけに不意打ちというか、せめてお風呂のあとがいいな……と、思っていると胸元にも口づけが落ちてきた。

三角の耳を触るとグーエンが顔を上げて、わたしを見つめてからまた唇を重ね合わせる。

「ヒナ……」

「グーエン、……どうしたの？」

「ヒナは、元の世界へ帰りたいですか？」

唇が離れると、辛そうな顔で聞かれて、ああ、グーエンは暁さんの話から、わたしがこの世界で受けた仕打ちのことを考えて、わたしが帰りたいのかもしれないと思い悩んでいたのか、と合点がいった。

グーエンの頬に手を添えて、ゆっくりと撫《な》でる。グーエンはわたしの手に手を重ね合わせて、頬をくっつけた。わたしを見つめる目が捨てられた犬のように寂しそうに濡れている。

「グーエンの奥さんになったのに、どこへ行くっていうの？」

「……ヒナ、私を捨てないでください」

「捨てたりなんかしないよ。確かにね、元の世界に『夢』を置いてきてしまったけど、ここでもその『夢』に近いことはできるかなって、思っているの」

「ヒナの『夢』に近いことですか……？」

「うん。お弁当屋さん……じゃないけど、これからは食堂で皆にごはんを食べてもらって、お弁当はグーエン専用で作るの。それが今のわたしの、新しい『夢』かな？」

ガバッとグーエンに抱きつかれて、「わっ」と声が出る。そのままガタリと椅子から立ち上がったグーエンは、わたしを抱えて二階へ駆け上がる。

何事ー!?

ボフッとベッドへダイブして顔を上げると、キスをされて、なにか言おうとして口を開く度に、角度を変えて何度もキスされる。

グーエン、落ち着いて～っ！　と心の中で騒ぐけれど、グーエンは、服を脱いで裸体をさらしながら、わたしにキスをすることを止めない。

「んんっ、ふはっ、ちょっ、んんーっ」

「ヒナ。はぁ、ヒナを今すぐ、私のものに全部してしまいたいです」

別に、することに関しては夫婦なので文句はないけど、ガッつき方が凄まじくないかな？

わたしの服に手をかけながらも、体の色んな場所にキスをしては吸いついてくる。

「ヒナ、私の傍にいてください」

「あんっ、ん、心配しなくても、わたしはずっと、この世界で、グーエンの傍に、一生いるよ」

「約束ですよ？」

「ふふっ、誓いのキスでもする？　なんーっ、んんぅ」

なんてね？　と、言おうと思ったのに、グーエンに唇を塞《ふさ》がれて、肉厚な舌が口内に侵入する。

舌から逃げようと自分の舌を逃がしても、すぐに捕えられて吸い上げられる。

「ん、はぁ、んんっ」

誓いのキスって、こんなにディープなものじゃないと思う。

明日は初出勤になるはずなのだけど、大丈夫だろうか……？

「ヒナ、愛しています」

「ん、わたしも……」

お互い裸になると、グーエンはわたしのおでこから順に、頬、首筋、胸、お腹と、キスを落としていった。太腿に吸いつかれて、「そこはダメー！」と騒いだのに、グーエンは秘裂の間に舌を這《は》わせて蜜粒を口に含むと、わたしがなにを言っても、達《イ》くまで蜜粒を舌で転がし続けた。

むき出しの神経に触れられているような感じで、わたしが達《イ》ったあともそこを擦《こす》られるだけでビクビクと感じてしまう。溢れた蜜で足はドロドロで、我が家のシーツ不足が問題になりそうだ。

朝、仕事に行く前に洗って、新しいものに替えたばかりなのに……

腰を抱きかかえられて、後ろから蜜口を指で広げられ、ジャプッと淫蜜が音を立てて掻き混ぜられる。

「あっ、はぁ、ん、やぁ、んんっ」

抜き差しされる快感を、シーツを掴んで耐えていると、秘裂の間に指ではない太いモノが押し当てられる。

「あ……ぅんっ、あっ、はいって、くるぅ……はぁ、んっ」

後ろから挿入されて、ぬかるんだ蜜道いっぱいにグーエンを感じた。

熱くて硬い男根が、強弱を付けて行き来して、わたしの反応がある場所を何度も突き上げる。

肌を打つ音が一定の速度から追い上げて、次第に力強くなっていく。

「あっ、あっ、あっ、グーエン、壊れちゃう。やっ、ああ……っ」

「今日は、いっぱい感じてください。何度でも射精《だ》しますから」

最奥で熱い飛沫が上がって、わたしはようやく少し休める、とベッドに横たわり、ヒクつく膣内が治まるのを待っていた。

しかし、横たわったまま片足を持ち上げられ、また突き上げられた。

休む暇などなく、わたしは嬌声を上げる。

「あっ、グー、エン……ッ！　やっ、激し……ッ！」

「ヒナ、止められそうにないです」

「あっ、ダメ、明日、あっ、あっ、んんっ、やぁぁッ」

絶頂と頭が真っ白になる感覚を味わって、気を失うように意識を手放したのは、何度目の吐精を受けた時だったのか……

グーエンはどうも、わたしが今まで育った世界を捨てて自分を選んだことに、嬉しさ余って抱き潰しちゃったぜ状態だったらしい。お風呂上り、喉を嗄《か》らしたわたしにハチミツ入りのホットミルクを渡しながら、「すみません」と耳を下げながら謝った。

抱くならお休みの前日にしなさい！　と怒ったところ、尻尾をフリフリ動かしながら「そうします！」といい笑顔で言われた。

わたしはもうこの世界でグーエンと生きていくと決めたのだから、不安になったりしないでほしい。

「グーエン。明日行ったらお休みだけど、だからって明日はしないからね？」

「善処します……」

「無理だからね！　もぅ！」

わたしを抱きしめるグーエンが幸せそうに笑うから、まぁ……キスくらいならいいかな？　と、絆《ほだ》されるわたしだった。


昨夜の疲れで今日は朝から気怠《けだる》い上に、バッチリ筋肉痛である。

普段使わない筋肉を使ったせいで、内腿とか変なところがバキバキに痛い。あと腰も痛いしお腹はもったりした熱を帯びている。

グーエンも不安だったのだろうし、わたしがグーエンを選んだと知って嬉しくてハッチャケちゃったのも、まぁ、仕方がない……少し、乱れちゃったのは恥ずかしいけど。

「さて、今日は簡単に作っちゃおう！」

恥ずかしさを誤魔化すように、わたしはキッチンで声を張り上げる。

用意するのは、昨日買ってきたスパイス各種！

クミン・コリアンダー・カルダモン・オールスパイス・ターメリック・チリペッパー。この六種類を小さなお皿の中で混ぜ合わせる。辛いのが苦手な獣人の人に合わせて、チリペッパーは少なめ。

混ぜ合わせてできるもの……それは、カレー粉である。

セスタ国にもカレーはあるらしいのだけど、固形のルーは売っていなくて、スパイスから作るしかない。

まずは刻んだニンジン、玉ねぎ、パプリカを油でサッと炒めて、炊いたお米を投入。作ったカレー粉を少しだけ混ぜて全体が黄色くなったら、お弁当箱にそのまま入れてしまう。

次はひき肉をフライパンで炒める。火が通ったらカレー粉の残りを入れて、コンソメを大さじ二杯と、しょうがのすりおろしを加えて混ぜ合わせる。甘めの味付けが好みな獣人の口に合うように、はちみつも小さじ一杯入れておく。

次は鶏肉！　一口大に切った鶏肉に塩コショウを振り、醤油、お酒を加えて混ぜ合わせる。お肉に小麦粉をまぶして、溶き卵に潜らせてから、油を引いたフライパンでカリッと焼いていく。焼き上がれば、ピカタのできあがり。

お弁当箱に敷いたカレーご飯の上にピカタを載せて、その上にひき肉で作ったキーマカレーもどきをかければ、『カレーピラフのピカタキーマ』の完成だ。

昨日はおかずを皆に取られちゃったから、今回はグーエンが独り占めできるように、一人用のお弁当。

スープポットにコンソメとソーセージ、小さく切って茹《ゆ》でたブロッコリーと、それから細かく折ったパスタを少し入れておけば、お昼にはソーセージの風味が広がるコンソメパスタスープが食べ頃だ。

『箱弁小町』でもよく作ったメニューだから、手際よく作れちゃうんだよね。

時間のない、今日のような日にピッタリだ。時間がないというより、わたしの活動限界が近いだけだけど。

「うー……腰がー……」

グーエンは自分の体力おばけなところを自覚してほしい。

わたしだって体力には自信があったのに、スタミナ残量はすっかり赤ゲージだ。

お弁当をカバンに入れてすごすごとリビングに戻り、椅子に座ってテーブルにぐてーんと突っ伏す。

朝ご飯は……これも手抜きしちゃう。

目玉焼きとソーセージを焼いて、パンにバターでも塗れば立派な朝ご飯……間違いない。

少し休んでから洗濯物を干して、朝食の準備を終えたら二階に駆けあがり、グーエンを起こす。

本当は、今日はわたしがベッドで寝て、グーエンが起こしに来るべきだと思うんだけどね？

お弁当を楽しみにしているグーエンに、「今日は食堂で定食にしなさい。あれもわたしの手料理よ」とは言えなかった。

これも、惚れた弱みというものだろうか？

それにしても、綺麗な寝顔である……こんなに綺麗な顔の男の人が自分の旦那さんとは、自慢したくなる。

しないけど。したら……グーエンが昨日の倍、わたしを抱き潰しそうだからね。

喜びを分かち合うのに、なにもエッチで伝えてくれなくてもいいのだよ？

「グーエン。起きてー」

「……今日は、おはようのキスはないんですか？」

「やったら襲われるので、ありません！」

「残念です」

「早く起きないと、ご飯が冷めちゃうよ」

ベッドから引きずりだすと、グーエンは「おはようございます」とおでこにキスをして機嫌よさそうに微笑む。

スッキリ晴れ晴れとした笑顔でなによりだよ……わたしの腰は死ぬ一歩手前だけど。

一緒にリビングに行くと、ヒョイッと抱き上げられて、膝の上に座らされる。

「ふぇっ？」

グーエンはそのままテーブルの上のソーセージを、パリッと音をさせてフォークで突き刺し、わたしの口元へ持ってきた。

「ヒナ、あーん」

「えーと、冷めるから各自で食べたほうが早いかと……むぐっ」

「ふふっ、ヒナ。獣人に最大級の愛を示したのですから、求愛行動の歯止めは利きませんよ？」

ソーセージをモグモグと咀嚼《そしゃく》して首を傾げると、グーエンが目を細める。

最大級の愛とは？　昨日、元の世界よりグーエンを選んだと伝えたことだろうか？

わたしは自分のお皿を引き寄せて、自分の分のソーセージをグーエンに「あーん」と食べさせる。

先にグーエンのお腹を満たしてしまおうと、せっせと朝食を運んだ。

「んー、やはりヒナの料理は美味しいです」

「ただ焼いただけだよ？」

「ヒナが焼いてくれて、こうして食べさせてくれることが、一番のご馳走です」

「じゃあ、そのご馳走は自分で食べるので」

サッとお皿を取られ、厚切りのパンを「あーん」と差し出されて、困った旦那さんだなと眉を下げつつ、齧《かじ》りつく。

「私、ヒナと出会うまで、こんなに愛しく、なにかしてあげたいという衝動が、自分にあるとは思いませんでした」

「んくっ、それはよかった？　かな？」

お茶でパンを呑み込んで、グーエンが頭を擂《す》り寄せてくるのを「この求愛行動、いつまで続くのだろう？」と、照れながら思う。

のちに食堂でその話をしたら、バイカルさんたちに「そりゃ、一生だろ？」と言われて固まったのは言うまでもない。

第六章　食堂の小さくて大きな即戦力

食堂での勤務初日。

昨日のうちにほぼ仕込みは終わっていたので、午前中は唐揚げ定食に付けるスープのワンタンを作る作業をしていた。

「昨日のオニギリ定食なんだが、魚の煮付けを別のものにして、夜勤の見回りをしつつ持ち歩いて手軽に食えるものにできないかって話が出たんだが、ヒナコはどう思う？」

「お弁当ですねー。それならおにぎりにこそ唐揚げが合いますよ」

「まぁ、オニギリには色々合うだろうな」

「お弁当なら、おにぎりに唐揚げ、あとウインナーとお漬物が定番ですよね」

最後のワンタンの皮にひき肉を入れて閉じると、バイカルさんとゼファーさん、リビーさんと一緒に椅子に座って一休み。作業台で一息つきながら、夜勤の持ち運びメニュー案をそれぞれ出し合っていると、タタタと足音がして、シャマランが厨房カウンターに顔を出す。

「ヒナコ！　昨日夜勤の連中に作ってた三角のヤツ作れる!?」

「焼きおにぎりのこと？」

「わかんないけど、三角の茶色いご飯！　僕の今日の定食のご飯それにしてくれない？」

「うん、白いご飯を焼きおにぎりにしておけばいいのね」

「そそ。唐揚げと焼きオニギリ！　あと、今日は皆早めに昼飯に行くって息巻いてたから、そろそろ準備したほうがいいよ！　んじゃ、僕は見回りにまた戻るから！　お願いねー！」

手をブンブンと振りながらシャマランが出ていくと、バイカルさんが「じゃあ、唐揚げを作りはじめるか」と椅子を立ち、わたしたち三人も忙しく動きはじめる。

ジュワーッと油の音を立て、巨大なフライヤーで次々と唐揚げを揚げては、お皿にドンドン載せていく。

昼休み前だというのに、食堂には唐揚げ定食を求める食券の木札が大量にきていて、ゼファーさんとリビーさんがカウンターでせわしなくお客さんをさばいていく。

「ヒナコ、卵の追加！」

「はーい！　すぐに！」

わたしは卵にお肉を潜らせると、片栗粉と小麦粉の中に入れて、それをバイカルさんが景気よくフライヤーの中へ放り込んでいく。狐色に揚がったものから鉄の笊《ざる》で掬《すく》い上げて料理用バットに置くと、リビーさんたちが定食用のお皿に盛りつけて運んでいく。

十二時を少し過ぎた頃には完売してしまい、今度は限定品のチキンとキノコのポットパイが出回るようになる。

「このポットパイうめぇー！」

そんな声が上がると、作り手としてはニンマリと口元が緩む。

「ヒナ。一緒にお昼にしましょう」

「グーエン、お疲れ様。遅かったね」

「少々、調べものがありまして……ヒナのほうは、出勤初日、どうですか？」

「楽しいよ！」

バイカルさんたちに「お先にお昼いただきますねー」と、声をかけてテーブルに着いた。お弁当の入ったカバンを取り出すと、後ろから「今日はなに？」とグーエンの部下たちが顔を出す。

「シッシッ、これはヒナが私に作った『愛妻弁当』ですよ」

「グーエン隊長……ズルい」

「隊長は、チビ嫁の前じゃムキになるよなー」

グーエンが眉間にしわを寄せてシッシッと追い払うけれど、部下の人たちはここぞとばかりにグーエンをいじりだす。おそらく、わたしの前でしか氷の表情が崩れないからだろうけど……あとが怖くないのだろうか？

「今日はカレーピラフのピカタキーマだよ。愛妻弁当第二号〜」

スプーンをグーエンに渡して、スープポットからパスタ入りのコンソメスープをコップに移す。

周りは鼻をフンフン動かしながら、小さく首を振る。

「オレ、カレー駄目」

「上の肉だけ欲しい。カレー部分は無理」

「皆さん、辛いの、苦手なんですね」

皆コクコクと頷いて、グーエンも少し眉を下げている。

まぁ、そこら辺も計算してあるから大丈夫だと思うのだけどね。

「辛さは抑えて食べやすくしているから、安心してね」

「たとえ辛くとも、ヒナの作ったものなら食べます！」

グーエンが食べはじめると、周りの人々は心配してグーエンの顔を覗き込み、同情するような視線を送っている。

まったく、どれだけ辛いカレーだと思っているのやら？

「……辛くないですね？」

「うん。だから言ったでしょ？　カレーは辛さの調整ができるものだからね」

「そうなのですか……前に食堂でカレーが出た時は、なにかの罰ゲームかと思いましたが……これならいいですね」

「ふふーっ、他にもカレーは色々種類があるから食べ方も色々だし、好きになってもらえるように食堂でも作っていくね」

周りの人たちは首をブンブン振っていたけど、辛いだけがカレーではないと広めなくては！　だって、元の世界ではカレーは一番の定番だったし、料理人としても意外と手がかからないのだ。

「ヒナコ。カレーなんだって？」

「はい。バイカルさんも一口どうです？」

自分のお弁当にはまだ手をつけていないので、バイカルさんに差し出す。

「なんだか、変わったカレーだな？　味見してもいいか？」

「はい。じゃあ、お皿に盛りますね」

小皿に小さく盛りつけてバイカルさんに手渡すと、バイカルさんは匂いを嗅いでから一口食べ、モグモグと口を動かす。口の中で味を分析しているのか、兎耳がピコピコ動いている。

「ヒナコ、これの作り方もあとで教えてくれ」

「はい。カレーレシピ、いっぱい教えちゃいますよ」

「隊長さん。ヒナコをオレにくれ！」

「ダメですっ⁉　ヒナは私のですよ！　ヒナッ、この職場は危険です！　やはり私と一緒に過ごすのが一番です」

バイカルさんに揶揄《からか》われ、グーエンがわたしに抱きついて、賑やかなお昼になった。

シャマランのほうも唐揚げ定食のご飯が焼きおにぎりだったこともあって、「シャマランだけズルいい！」と騒がれたようだ。

明日はグーエンの休みなのでわたしも休みなのだけど、「オニギリ！」と騒ぐ人たちが多いので、明日のメニューはおにぎり定食になりそうである。

ちなみに今日の唐揚げ定食も大好評で、週に一回は唐揚げ定食の日が欲しいと、月曜日は唐揚げの日にされた。週のはじめはやる気が下がり気味なので、唐揚げでやる気を出してもらいたいということらしい。

午後は、夜勤の人たちのご飯にライスコロッケを作った。

ケチャップライスに細かく切ったチキンと玉ねぎととろーりチーズを入れたものと、カレーパウダーを混ぜ込んだご飯にチキンとパプリカを細かく切って、中に濃いめのキーマカレーを入れた二種類。これをコロッケと同じように衣をまぶして油で揚げていく。

それからエビフライにイカリング、サラダとスープ付きだ。

これもこれで、「夜勤の奴らばっかりズルいー！」という話になったけど、夜勤の人たちからは「唐揚げ定食ズルいー！」と声が上がっているので、交互に出していこうかと食堂の皆で話し合ったりしている。

わたしが働き始めて四日目。ニルヴァーナ国へ、セスタ国をはじめとする他国の連合による『世界魔道具安全調査機関』という団体の調査が入ったと知ることになった。

被害者の遺族や船の乗組員たち、損害を被った貿易商の訴えをまとめる必要があって、裁判まで時間がかかるらしく、証言人は安全のため身の回りに気をつけるようにとの通達があった。

ニルヴァーナ国への調査が始まり、セスタ国にもニルヴァーナ国からの使者が訪れたり、犠牲者の家族が遺体を引き取りに来たりした。

ついでに、ニルヴァーナ国を訴えるにあたって、生き残った船員は裁判のために今後もセスタ国で保護をしてもらうか、各々の国へ戻り、裁判の時だけ顔を出すかを決める書類を作成した。この書類には、サインすると裁判の日に自動的に召喚される魔法がかかっているらしい。

わたしはセスタ国にそのまま滞在というか、永住することにしているので関係がない。

わたしはグーエンに嫁入りしたこともあるし、証人保護の関係上、よその国へはなるべく行かないように言われている。

「船員さんたち、自分の国に帰っちゃうんだね」

「まぁ、早いところ仕事を見つけないと、生活できないでしょうし。被害にあった方とその関係者が明らかになってきましたから、もはや事故の生存者を消したところで、訴える人の数が多少減るだけです。ニルヴァーナ国としても、今さらそんなリスクを取るとは考えられませんから」

「じゃあ、今回被害に遭ったわたしたちはもう安全なの？」

「ハッキリとは言えませんが、今までのようにガチガチに護衛しなければいけないということは、なくなると思います」

船員の人たちが船に乗り込み、遺体が運ばれるのを見送るために、わたしたちは港に来ていた。

船でわたしを助けてくれた親切なお兄さんにはお迎えこそ来なかったけど、国で家族が待っているそうだ。

「妹さんのところに、早く帰れると良いな……」

「ヒナの恩人ですから、私からも遺族の方に裁判への打診をしてあります。人の命ですから、金銭で解決しろとは言えませんが、悲しみの中でもなにかやるべきことがあれば、人はそのために生きていけます。少しの間だけでも、悲しみを紛らわせられるといいのですが……」

船が出航し、グーエンと一緒に見送って家に帰った。

お兄さんとの数日間は、貴族に売られるわたしの心を支えてくれた。

お兄さんが居なかったら、多分あのまま鍵のかかった船の一室で溺《おぼ》れ死んでいただろう。

海に放り出されたあとも、お兄さんがくれた樽《たる》のおかげでグーエンに助けられるまで生きていられた。

どうか、お兄さんが妹さんのもとで安らかに眠れますようにと、祈ることしかできないけれど、心から感謝している。もう言葉を交わすことはできないけれど、もし叶うならば「ありがとう」と一言伝えたかった。


数日経ち、食材の買い出しにゼファーさんと町へ出かけていると、港のほうが騒がしいことに気づいた。周りの人に聞いたところ、壊れて放置されていた船の中から大怪我をした人が見つかったそうだ。

「事故でしょうか？」

「さぁ？　すぐに警備隊が来るだろうから、野次馬を怒られる前に買い物を終わらせよう」

その時のわたしは、気にも留めていなかったのだけど、夕方食堂にわたしを迎えに来たグーエンがいきなり抱きついてきて、まぁいつも通りなのだけど、ただ、表情が鬼気迫っていてどうしたのだろう？　と、思った。

「バイカル。当分の間、ヒナを外出させないでください」

「なんかあったのか？」

「どうしたの？　グーエン」

「船の生き残りの証人の内三人が重傷を負わされたそうです。今日も一人、港のほうで怪我人が出ました」

「そんな、みんなもう国に帰ったんじゃ……？」

「書類に不備があって、一人を呼び出していたのですが……」

ならば買い出しの時に騒ぎになっていたのは、その人だったのかもしれない。

「でも、今さらわたしたちを襲ったところで、意味がないんじゃ？」

「そう思っていたのですが……私が甘かったようです。他の訴えについてはまだ検証が必要ですから、事故の生還者として一番に証言台に上がるのはヒナたちです。犯人の真意はまだわかりませんが、少しでも時間稼ぎをするために、狙われているのかもしれません」

「そんな……っ！」

「ニルヴァーナ国がまさかここまで馬鹿なことをするとは思いませんでしたが……敵の目的がなんであるにしろ、あの事故の生還者が狙われているのは間違いありません。ヒナも気をつけてください」

グーエンの説明を聞いて、バイカルさんは今後ゼファーさんとリビーさんに買い出しを頼むことにして、わたしはこの警備塔から出ずに過ごせるよう、配慮してくれた。

警備塔には常に警備兵がいるため、ここほど安全な場所はないだろうということで、食堂での勤務は問題なく続けられることになった。グーエンも食堂に部下を配置してくれて、自分も暇を見つけては安全の確認に来ると言っていたけど、これまでもグーエンはたびたび顔を出していたので、変わらない気もする。

「怖いことになっちゃったね……」

警備塔からの帰り道、グーエンはわたしを抱き上げて、包むようにして歩いた。ピリピリした雰囲気で、わたしはごくりと息を呑む。

家の庭に入ると、グーエンがわたしを抱きしめたまま足を止める。

「なにか妙な気配がしますね……」

「誰か、いるの……？」

「いえ、そうではありませんが……庭に違和感があります」

その時、バササー……と音を立てて、庭に植えてあった大きな木が、有りえないほどの勢いで朽ちて倒れた。

木の周りに植えたハーブも、茶色く萎《しな》びて、見る影もない。

「……禁術……」

グーエンの言葉が、やけに重く耳に響いた。

「禁術……？」

首を傾げると、グーエンがわたしを下ろして、庭に入る。

後についていこうとしたら、「そこにいてください！」と大きい声で言われて、足を止めた。

道路から様子を見ていると、庭を調べながらグーエンが氷で地面を掘りはじめる。

「これは……」

「なにかあったの？」

「ええ、まぁ……ヒナはそこに……ッ！　ヒナッ!?」

グーエンがこちらを振り返ったと思うと、大声でわたしの名前を叫んだ。

次の瞬間、わたしは後ろからの衝撃に、なにが起きたのかわからず妙な顔をしていたと思う。

妙な浮遊感に、脱力感。

「ヒナッ！」

あれ？　なんでグーエンが下に見えるのだろう？　グーエンがわたしを見上げている？

ううん？

いや、わたしが浮いている？

何者かに持ち上げられて空を飛んでいるのだと気づいて慌てて首を巡らせると、そこにいたのは信じられない人だった。

黒い髪、赤い目、黒い鎧《よろい》……目と鎧《よろい》はよくわからないけど、『箱弁小町』の常連さん、勇者としてニルヴァーナ国へ召喚され、魔王を倒して元の世界へ帰ったはずの暁炎路さんが、わたしを捕まえていた。

「あ、暁、さん……どうして、ここに？」

「久しぶりだね。七和さん」

わたしを『七和さん』なんて呼ぶのはこの世界では暁さんだけ。目は赤いけれど、確かに暁さんだ。

ハッとして下を見ると、グーエンが地面に生《は》やした氷の柱に乗って、追ってきていた。

「グーエンッ⁉」

「ヒナッ⁉」

手を伸ばして触れるか触れないかの距離まで近づいたところで、暁さんが黒い大剣を持ち上げた。

ガッと鈍《にぶ》い音がして、黒い大剣と氷の刃がぶつかる。

「ヒナッ！　すぐに助けますからっ！」

「グーエン！　暁さんっ、止めて！　あなたは勇者なのに、なにをしているんですかっ！」

暁さんを止めたくて声を張り上げると、暁さんは笑った。

「アハ、アハハハ。七和さん、勇者？　俺のこの姿の、どこが？」

そう言って笑う暁さんの姿には、真っ黒い山羊《やぎ》のような角と翼が生《は》えていた。

鎧《よろい》から覗く皮膚は鱗のようにギザギザの黒い水晶で覆われている。

最後に会った時はもちろん、こんな人外の姿ではなかった。

暁さんに、なにがあったのだろう？

「魔王……ですね」

グーエンの言葉に、暁さんは肩をピクリと動かす。

暁さんは勇者……だったのに……なんで魔王？

でも、確かにこの禍々《まがまが》しい見た目は魔王っぽい。

「魔王は全てを枯らし尽くす『禁術』を身に宿すと言われています。うちの庭に貴方の体の結晶を埋め込んで、一体なにがしたかったのですか？」

グーエンが、氷の塊《かたまり》の中に封じ込めた黒い水晶を暁さんに投げつける。それは暁さんの体に当たって砕け、肌に黒い水晶がニョッキリ生《は》える。

「触った瞬間、命を奪うはずだったんだけど、氷でコーティングして防ぐとはね」

「……っ！　暁さん、あなた、グーエンを殺そうと……したの⁉」

信じられない……暁さんについて、それほど知っていたわけではないけれど、そんなことをする人だったとは思えない。彼は勇者と言われてホイホイ魔王を倒しに行く考えなしなところはあったけど、明るくていかにも今時の若者という人だった。魔王を倒しに行く旅の中で心境の変化があったのだろうか？

「七和さん。犬が好きなの？」

「え？　なにが？」

「俺はね、七和さんと一緒に暮らして、一緒に白い犬……黒い犬のほうが良いかな？　飼いたいと思っていたんだ」

「なに、言っているんですか？」

「俺、魔王を倒したら――元の世界に帰って、七和さんに告白して付き合ってさ、プロポーズして結婚して、ね？　家を買って、一緒に暮らして犬を飼うんだ」

わたしが首を横に振ると、暁さんはわたしの目を覗き込む。

赤い目にゾワッと鳥肌が立って、「ヒッ」と声が漏れてしまった。

「ヒナは返してもらいます！」

グーエンが氷の刃を振りかざすと、暁さんは黒い大剣の刃をわたしの首に近づける。

「動けば、七和さんの命はない」

「ぐ……っ、ヒナ……ッ！」

目の前の黒い大剣に目を見開くと、グーエンは氷の刃を四散させて腕を下ろす。悔しそうに拳を握りしめて、わたしの顔を見ている。今すぐ駆け寄りたいのに、それができない。

お互いに見つめ合うと、言葉がなくともグーエンがなにを言いたいかわかる。

わたしを助けると、グーエンの目は言っていた。そしてわたしは信じていると、小さく頷く。

「グーエン隊長！」

「応援に来ましたよー！」

シャマランたち、空を飛べる獣人の警備兵がこちらに飛んでくる。

けれどグーエンが「来るな！」と叫んで振り向いた瞬間、黒い筋が半円を描いて目の前をよぎった。

全てがスローモーションのようだった。

暁さんの黒い大剣がグーエンの背中を切りつけて、グーエンの足元の氷の柱がガラガラと崩れていく。

「グーエンッ！　やだあぁぁーっ！」

手を伸ばしたのに、届かなくて、シャマランたちがグーエンを追って急降下していった。

地面でシャマランたちが必死にグーエンの名を呼ぶ声が聞こえる。「なんで？」と、暁さんを見ると、暁さんはお弁当を買いに来る時と変わらない笑顔で私を見ていた。

第七章　勇者と魔王

風が吹くたびにカラカラと回る、水の出ない風車小屋の中で呻き声が響く。

「ウーガァァ……ウァ……」

苦しそうな暁さんに声をかけそうになった自分を、わたしは薄情者だと思う。

夫が切りつけられて、自分も誘拐されたというのに、その犯人の心配をするなんて、グーエンへの裏切りのようだ。

それでも、苦しんでいる暁さんを見捨てる薄情さも、わたしにはない。

「……暁さん、大丈夫ですか？」

暁さんの周りは、肌を掻きむしって飛び散った血飛沫で汚れている。

黒い水晶が暁さんの肌を徐々に侵食しているらしく、その度に暁さんは悶《もだ》え苦しんで、体を掻きむしっては、この状態になる。

「ハー、ハァー……七和、さん……」

「暁さん、お医者さんに診《み》てもらったほうがいいと思う」

「無理だ……俺は、この見た目でわかるだろ？　魔王以外のなんに見える？」

自虐的に笑う暁さんは、確かに人の姿を失っているように思える。

山羊《やぎ》のような角は益々大きくなっているし、肌も黒い水晶のような鱗が増えて、皮膚の肌色が見えるところがどんどん少なくなっている。

「どうして……こんなことになったんだろう……」

泣きそうな声の暁さんに、わたしも溜め息を吐く。

誘拐されてグーエンから引き離され、二日が経っていた。

その間に、暁さんに聞いたことが頭の中でぐるぐる回っていく。

ニルヴァーナ国が勇者召喚をした理由……それは『魔道具』に直結した話だった。

魔物除《よ》けの魔道具に使われる強い魔石は、魔物から採れるものだ。そしてそれはその魔物が強いほどより強力な効果を発揮する。

暁さんが勇者の武具を着て魔物を倒し、手に入れた魔石は、ニルヴァーナ国へ送られていた。強い魔物を倒して魔石を手に入れるのは、そう簡単にできることではない。だから暁さんから送られる魔石でニルヴァーナ国は大儲けをしていたというわけだ。

しかし、そこには大きな誤算があった。

はじめこそ、その魔石は強い力を持っていた。しかし、暁さんが魔王を倒した時、魔石はその力を失ったのだ。

魔王とは魔物を統《す》べる王。魔王が貯める財貨を目当てに討伐させたニルヴァーナ国の王様や学者は知らなかったらしいけれど、魔王を倒したことで魔王の配下にあった魔物から採れた魔石の力は失われるのだという。

それを知らず、どれだけの魔石が魔道具として売られ、どれだけの被害が出たのか……それはこれからわかることだろう。

そして、悲劇はそれだけでは終わらなかった。

勇者は魔王を倒した瞬間、眩《まぶ》しい光に包まれて消えた――という話だったが、実際は魔王を倒した瞬間、暁さんは見知らぬ場所に飛ばされていたらしい。

そこには、魔王――元勇者の日記が残されていた。

『勇者が魔王を倒せば、勇者は魔王に変化していく』

『勇者の武具、アレこそが魔王になるためのアイテムだった』

『生き残るためには、強くなるしかない』

書かれていたのは、そんな内容ばかりだったという。

勇者として召喚されて魔王を倒したら、魔王の正体は元勇者で、今度は自分が次の魔王になってしまうなんて、勇者の扱いが酷くないですか？　と、思わずにはいられない。

わたしも勇者のオマケ扱いで酷い目に遭ったと思ったけど、勇者はそれ以上だったようだ。

勇者の武具を身につければすごい力を得る代わりに、次の魔王になるだなんて……しかも、魔物を倒せば倒した分だけ侵食が速まり、魔王を倒した時には手遅れ。

暁さんは、一人残してきたわたしを心配したらしい。自分の体が完全に魔王になってしまう前に、せめてわたしに連絡を取りたくてニルヴァーナ国へ向かった。

そこでわたしがデニアス卿という貴族に売り飛ばされたことを知り、探した。

けれど船が沈没したと知り、絶望しながらも一縷《いちる》の望みをかけてデニアス卿のもとへ辿《たど》り着いた。

デニアス卿の屋敷は孤島にあり、そこで剥製《はくせい》にされた人々を見て……暁さんは、デニアス卿を殺してしまった。

その日から、魔王への変異が速くなったのだという。

そして、ニルヴァーナ国が訴えられたことをきっかけに、事故の生き残りを捜して、わたしについて聞いて回ったらしい。けれどその途中で魔王だとバレて大騒ぎされ、生き残りの船員さんを傷つけてしまったのだという。

わたしは船の乗組員とは、助けてくれたお兄さんぐらいしか面識がなかったので、彼が死んでしまった以上、他の船員がわたしを覚えているか、怪しいところだ。

暁さんがやっとわたしを見つけた時には、わたしはグーエンと結婚していた。

わたしをいつも抱き歩き、大事にしているグーエンだからこそ、庭に埋めた『禁術』を手にするのはグーエンだと、暁さんは踏んだ。

危険なものにわたしを近づけることはない、そんな優しさにつけ込んだのだ。

結局、グーエンは『禁術』にはかからなかったけれど、暁さんに傷つけられてしまった。

「……グーエン……」

声に出すと、胸が痛む。喉の奥が詰まるように、痛みのようなものがせり上がり、涙が溢れて頬を伝っていく。

「俺……君が奴隷みたいに売られたって聞いて……助けたかったんだ」

「あなたが切った人が、わたしを……助けてくれたのッ！　それに助けたかったなら、なんで……なんで、最初に助けてくれなかったの⁉」

「最初……？」

グーエンのことが心配で、わたしは苛立ちを暁さんにぶつける。

ボロボロの暁さんを追いつめるだけだとわかってはいるけれど、それはわたしが暁さんに対して、ずっと思っていたことだ。

「わたしがこの世界に来た時、王様や学者たちに酷い態度を取られていたの、暁さんだって気づかなかったわけないよね⁉　誘拐されたようなものなのに、穀潰《ごくつぶ》しと言われてパーティーの時も働かされていたのを知っているよね？　王様や周りになにか言った？　言ってないよね？　わたしのこと好きみたいなこと言うけど、助けようとしなかった！　見て見ぬふりをしていたくせに！」

「それは……ごめん。俺がなにか言って、七和さんに不利なことになったらいけないと思って……」

しゅんとうなだれた暁さんに、わたしはトドメの一言を刺す。

「好きな人のために行動できない人と、わたしは絶対、付き合わない！」

「俺、フラれた？」

「ええ。バッサリ振りました！　もし無事に元の世界に帰ってたとしても、以上のことでわたしは暁さんとは、付き合いませんでした！」

「俺、結構モテる自信あったんだけど……」

顔はイケメンかもしれないし性格も明るいから友達にはいいだろうけど、それ以上には思えない。

それに顔でいうのならばグーエンのほうが美形だし、体つきだって、暁さんも多少は一年前より逞《たくま》しくなっているようだけど、全然話にならない。

なによりわたしだけを好きで、愛してくれて、守ることを行動で示すグーエンと根本的に違う。

ニルヴァーナ国で酷い扱いを受けるわたしになにもしてくれなかった上に、グーエンを傷つけてわたしを誘拐した時点で、暁さんは完全にアウトだ。

「それにね。わたしはもう人妻なので、夫のところに帰してほしい」

「俺じゃ、ダメ……？」

「ダメ。わたしの夫はグーエンだけ。浮気はしない」

「七和さんって……意外と怒りっぽいんだね。俺、君が笑っているところばかり見ていたから、少し驚いてる」

「そりゃ、お客さんの前で営業スマイルはしますよ。スマイルはゼロ円だからね」

「ぷっ、あははは」

少しだけおどけて話すと、暁さんはわたしの知っている常連さんの笑顔で笑ってみせた。


暁さんの症状が少し治まり……わたしは風車小屋の柱に縛《しば》りつけられていた。

勇者にあるまじき行動をするなーっ！　と、騒ぎたいけど、丸めたハンカチを口に入れられてその上から手ぬぐいで口を縛《しば》られる。

「食べ物、買ってくるから待っていて」

「んぐー！　んんうー！（待てー！　ほどけー！）」

「行ってくるね。七和さん」

わたしを風車小屋に拘束して、暁さんは窓から身を乗り出すと黒い翼を広げて飛んでいった。

また侵食が始まればどうなるかわからないのだからわたしが買いに行く、と言っても「七和さんは逃げるかもしれないから」と、この状態である。

まぁ、隙あらば逃げたいのは確かだ。グーエンの容態も気になる。

グーエンのことだから、怪我をしていてもわたしを探そうと無理をするだろうから、せめてわたしは無事だよって、どうにか伝えたいんだけど……

しかし、口を使えないと縄も噛み切れない。暁さんめ、どれだけ用心深いんだ。

さっき少しは笑い合った仲だというのに……いや、許す気はないけど。

柱に背中をピッタリ付け、息を吐いてお腹をへこませて縄との隙間を作り、体を左右に揺らして緩まないか試してみる。

「んふー……」

ダメだ。息が続かない。

結局、暁さんが戻ってきてしまいタイムオーバーとなった。

「七和さん、ずいぶん暴れたみたいだね」

プイッと顔を逸らすと、暁さんは「油断も隙もないんだから」と、縄をほどいていく。

猿ぐつわを外し、肩で息をしながら自由になった手をブンブンと回して、わたしは不機嫌さを訴えた。

体に縄の痕《あと》がついたらどうしてくれる！

「誘拐犯から逃げ出したくない人間なんて、普通はいないでしょ？」

「それも、そうかなぁ？　まぁ、とりあえずご飯にしようよ。適当に買ってきたからさ」

暁さんは露店で買ってきたであろう熱々のピロシキのようなものやサンドイッチを紙袋から取り出す。

いやいや、待てい！　ここで食べようとするな！　と、わたしは暁さんを止める。

「暁さん、こんな鳩の糞《ふん》とか羽がいっぱいのところで食べようとしない！　あと、手を洗いたいんだけど、川とかないの？」

「あー、確かにそうだね。なんだか久々な気がするよ。食べる前に手を洗うとか、衛生面で文句を言われたの。勇者として旅をしていた時なんて、泥沼の近くで倒した魔物を椅子代わりに食事したりとか、すごかったんだから」

それはご愁傷様というところだ。

日本で暮らしていた頃はそんな環境とは無縁だったはずだから、かなりきつかっただろう。

暁さんの性格からして、周りと合わせなきゃとか思って、我慢していたのだろうなぁ。

「それじゃ、移動してから食べようか」

「ふぇ？　ってー、はーなーしーてぇぇぇ！」

雄叫《おたけ》びを上げるわたしを小脇に抱えて、暁さんが紙袋を手に窓から飛び立つ。

やめて！　下ろして！　飛ぶのは嫌ぁぁーっ！

足が宙ぶらりんのまま空を飛ばされる恐怖を知らないのかー！

暁さんに攫《さら》われて、無理やり空中遊泳させられた日は空から落ちる夢に魘《うな》されたものだ。

これで気絶できるほど、か細い神経の持ち主だったらよかったのに、と本当に思う。

「こうしてさ、飛んでいると嫌なこと全部、忘れちゃいそうだよね」

「全然ッ！　わたしは胃液吐きそうだよ！」

「七和さん、高所恐怖症？」

「違うけど、このままじゃ確実にそうなるよ！」

グーエンは、わたしをお姫様抱っこでしっかり抱え込んでくれるけど、暁さんは着ている武具のおかげでわたし一人なんて軽く持ち上げられるらしく、片手で小脇に抱えているので大変心許ない。

多分、グーエンがそうしないのは、わたしを大事にしているからだ。

まぁ、暁さんがそんな抱え方をするのは、お姫様抱っこをされた時、わたしが暁さんの顎に足蹴りをくらわしたのもあるのだけど……ね？

「どこに行くつもりなの？」

「デニアス卿の屋敷」

「ハァッ!?」

デニアス卿って、わたしを買った貴族で……暁さんが、殺しちゃった人だよね？

恐る恐る暁さんを見上げると、「いい隠れ家だからさ」と笑う。

確か、孤島にあるとか言っていたっけ？　冗談でしょー……孤島なんて、余計に助けを呼べないし、逃げられないじゃない!?

「いやーっ！　わたしを家に帰してぇぇぇ！」

「うわっ！　七和さん、暴れないでよ！　危ないじゃん！」

「ギャー！　誘拐犯ーっ！　放せぇぇぇ！」

暁さんが暴れるわたしを宥《なだ》めながら目的地へ着いた時には、お互いに疲れ切っていた。

海に浮かぶ孤島に建つデニアス卿の屋敷は巨大な植物園のようで、大きな赤いドーム型の屋根が目につく。

デニアス卿って、貴族というだけあって、お金持ちだったようだ。

地面に下ろされたわたしがゼィゼィ息を吐いていると、「お帰りなさいませ」とどこかで聞き覚えのある声がした。

屋敷の玄関ホールに現れたのは、褐色の肌に薄い黄色の短い髪、赤紫色の目の青年……船でわたしを助けてくれたお兄さんが、執事のような黒い燕尾服を着てそこにいた。

お兄さんが目を丸くして、「チビ助！」と言い、わたしは「お兄さん！」とお互いに指をさす。

なんでこんなところにいるのか、というか生きていたのか！　と、大騒ぎしたい。むしろしよう！

「お兄さん、死んだと思っていましたよぉぉー！」

「殺すなよ！　オレもお前が死んだと思ってた！　お互い生きていてよかったなー！」

ガシッと両手を握り合ってブンブン振っていると、暁さんが「ご飯にしよう」と感動の再会に割り込んできて、わたしはジトッとした目で見てしまったけど、お兄さんは「はいッ！」と嬉しそうに声を上げる。

お兄さんに連れられて屋敷の中を歩くけど、屋敷の装飾はアンティークな歯車で動く機械のようなものが多い……スチームパンクというのだったかな？　そんな感じだ。

その装飾には剥製《はくせい》の動物や虫……そして人間まで、芸術品のように使われている。

なにも知らなかったら、幻想的と思ったかもしれない。

けれど剥製《はくせい》だとわかっているから、不気味さが半端ない……

「ベック。変わりはなかった？」

「はい。ありません」

まるで主人と従者のような二人のやり取りを見ると、まるでここは彼らの屋敷のようだ。いや、もうそうなっているのかな……？

わたしたち三人は食堂と思われる金の燭台が並ぶホールへ入った。

周りにはもちろん、剥製《はくせい》が壁に掛けてあるのだけどね。

こんなところで食事するのか……

暁さんが紙袋からパンを出して、白いテーブルクロスのかかった長いテーブルに並べ、好きなものを取るように言ったので、わたしはピロシキを手に取る。

少し冷めてしまっているけど、美味しそうで中身が気になっていたのだ。

「いただきまーす」

「いただきます。なんかさ、この世界では、『いただきます』って誰も言わなくて、七和さんの『いただきます』を聞いて、少し安心した」

ピロシキに齧《かじ》りついたままわたしは頷く。

それはわたしも思っていたんだよね。ニルヴァーナ国の食堂で働いていた時も誰も言っていなかったから、グーエンとの食事でも『いただきます』とは言わずに、今まで食事をしていた。

「まぁ、日本人の習慣だよね。給食とかでも毎回言わされていたし」

「七和さん、やっぱり俺たち……気が合うんじゃ……」

「いやいや、このぐらいで気が合うとか、ないから」

わたしはフンッと、鼻息荒くピロシキに齧《かじ》りつく。

ミンチ肉に玉ねぎ、あとは崩した茹《ゆ》で卵の入ったオーソドックスなピロシキで、味付けはウスターソースっぽく、まるでメンチカツを食べている感じだ。

溢れる肉汁の旨味がとんでもなく美味しいのだけど、特別な調理法をしているのだろうか？　研究して、夜勤の人たちの夜食に出したら喜んでもらえるかなぁ……と思って気づいたけれど、食堂のお仕事一日休んじゃった……

全部、暁さんが悪いっ！

同情はするけど、わたしを巻き込むなーっ！

ジッと睨みつけると、暁さんは笑顔で「俺のパンもいる？」と差し出してきて、「いりません！」とわたしは横を向く。

「にしても、チビ助。心配してたんだぞ」

「わたしもお兄さんのこと探してたけど、遺体にイスターニア族の人がいるって聞いたから、てっきり……」

「ああ……デレクのやつ、死んじまったのか……。オレ以外にもイスターニア族のヤツがもう一人乗っていたからな」

そっか……顔を確かめなかったから、お兄さんだと思い込んでいた。

ちゃんと確かめておけばすぐにわかったのに。お兄さんにはお世話になったから、聞くのも見るのも辛くて、グーエンが配慮してくれたのもあって、情報を遮断してしまっていた。

「お兄さん、船では助けてくれて、ありがとうございました。ヒナコ・テラスです」

「ああ。オレはベック・ロデム。お互い命拾いしてよかったな」

今更の挨拶を交わし、お茶を淹れてもらいながら、あのあとどうやって助かったのかを語り合った。

ベックは海で一週間ぐらい漂流して、なんとかこの島に辿《たど》り着いたものの、島の主デニアス卿のコレクションにされそうになっていたところを暁さんに助けてもらったらしい。

暁さんはわたしを探してあちこち飛び回っていたので、暁さんの居ない間はベックがここを管理していたそうだ。

「妹さん、心配しているよ？」

「ああ、うん。ヒナコが見つかったら、妹のところに帰るつもりだったんだ」

「なら、わたしも家に帰ろうかな！　ベックも家に帰るし、わたしも帰る！　これで万事解決！」

「いや、アカツキがこの状態じゃ……見捨てられないだろ……前よりも酷くなっているからな」

うぐ……っ、ベックはわたしの時もそうだけど、面倒見がよすぎる。

まぁ、暁さんが魔王化しているのは可哀想だと思うけど……でもわたしたちになにができるっていうのだろう？

暁さんはわたしを連れてきて、どうしたかったんだろう？

同郷とはいえ、わたしにはもうわたしの生活があるし……まさか、グーエンを焚《た》きつけてグーエンに倒されたいとか？

でも、もしグーエンが魔王になったらと思うと怖いし……

「暁さん、魔王化を解く方法、なにかないんですか？」

「わかっていたら、こんなことになってないよ」

まぁ、そりゃそうだよね。

暁さんは、黒水晶に侵食されはじめた自分の手を見ながら「はぁー」とうなだれて、ベックは後ろ頭を掻きながら「なんとかなりゃいいんだけどな」と、困ったような優しい顔で暁さんの肩を叩いた。


まるで世界のすべての本がそこに集められたかのような書斎。

壁一面の本棚に、数々の美術品のような模型が並ぶそこは書斎というより、図書館と美術館が一緒になったような場所と言ったほうが正しいかもしれない。

暁さんの体の侵食が進み、ベックがお世話をする間、わたしはこの部屋の大きな鳥籠《とりかご》に入れられていた。

この屋敷の元の持ち主であるデニアス卿が、捕まえた人を逃がさないように作ったもので、天井から垂れ下がる鎖で床から三メートルほどの高さまで吊り上げられている。

飛び降りても大丈夫なような、打ちどころが悪かったら危ないような、判断がつきにくい高さだ。

「ベックはわたしの味方だと思ったのに……」

まさかの裏切りである。

まぁ、わたしを救い出すために船から逃げ遅れたわけだし、逆に暁さんはベックにとって、こんなところで剥製《はくせい》にされそうなところを助けてくれた恩人なのだから、どっちが大事かと言えば、恩人のほうだろう。

くぅ……わたしの扱いの酷さはなんなのか⁉

「しかし、まぁ……悪趣味な鳥籠《とりかご》ね」

わたしも船がクラーケンに襲われていなかったら、今頃この鳥籠《とりかご》の中で物言わぬ剥製《はくせい》にされていたのだろう。

いや、今も鳥籠《とりかご》に入っているのだから運命は変わっていないのかなぁ？

わたしがウロウロ動くたびに、鳥籠《とりかご》がギーギーと揺れるので、思わず鳥籠《とりかご》の隅から隅へ走って、揺れが大きくなるか試してしまった。

おおっ？　これはもしかして……これはいけるかな？

孤島とはいえ、船はあるはず。

また海で遭難したり、溺《おぼ》れたりするのは嫌だけど、なんとしてもここから逃げ出したい。

暁さんがわたしを攫《さら》ってきたのは、わたしが好きだから……なのか、ただ同郷の人間が恋しくなったからなのか……

自分が可愛いとか美人だとか、そんなことを思ったことはないし、中の中で上もなければ下でもない。どこにでもある顔だと自覚している。

けれど、そんなわたしを好きだという人だし、襲われたらわたしに勝ち目はない。

無理やり押さえつけられたら、アッサリいいようにされてしまうだろう。

そんなのは悲惨すぎる。

好きでもない男に襲われるなんて冗談じゃない！　全力で逃げてやる！

「せーの！」

籠《かご》の端から端へ走ると、鳥籠《とりかご》が大きく揺れる。

揺れに任せて本棚のどこかにぶつかるなりして、鳥籠《とりかご》が壊れてくれたら、一目散に逃げるのみ！

と、簡単に思っていたのだけど……

「ギャーッ！　いーやーぁー!!」

走り回って鳥籠《とりかご》が揺れた結果、遠心力で立つことさえできなくなった。

鳥籠《とりかご》の中で滑って雑巾のようになっているわたし！

その上、書斎の本棚にぶつかってうまいこと籠《かご》ごと落ち、壊れた籠《かご》から脱出！　と目論《もくろ》んでいたのに、実際は模型にひっかかって斜めになったと思ったら、模型がボッキリ壊れて、その勢いで他の模型に突っ込んで、バッキバキに引き潰していき……ぐるぐる回る鳥籠《とりかご》の鎖はねじれにねじれて、逆回転。

「いーやー！　遊園地のコーヒーカップ！　間違いないぃぃッ!!」

わたしがわけのわからない叫びを上げていると、ゴキンッと妙な音がした。あ、やばいと思う間もなく鎖が切れ、鳥籠《とりかご》はガシャーンと派手な音を立ててバウンドし、本棚に当たりながらゴロゴロと床を転がっていく。

「ぎゃぅぅぅーっ！」

鳥籠《とりかご》の柵《さく》の隙間から、本だの模型の部品だのが体にぶつかる。

これなら大人しくしておいたほうがよかっただろうか？　ううっ、滅茶苦茶痛いっ！

ガンッとなにかにぶつかって鳥籠《とりかご》が止まると、深緑色のズボンに茶色いブーツが見えた。

ガバッと顔を上げて見えたのは水色の髪で、少しガッカリしつつも、ホッと息をついた。

「なに、アホなことしているんだか」

「シャマランッ！　捜しに来てくれたの⁉」

「うん。まぁ、一応ね」

一応でもなんでもいい！　もう帰れるぞー！　と、わたしは万歳をする。

鳥籠《とりかご》の扉を開けてもらって、這《は》いずるように出ると、シャマランがわたしの頭をポンポンと叩く。

「ヒナコ、大丈夫？」

「平気！　それより、グーエンは⁉」

シャマランがズボンからハンカチを取り出して、わたしの顔に押しつける。

いきなりなにをするのかと文句を言おうとしたけど、ハンカチを握った時に自分が泣いていることに気づいた。

あー、嬉しすぎて、涙腺が崩壊しているようだ。

大人しくハンカチを借りて「えへへ」と笑いながら顔を拭かせてもらう。

「グーエン隊長は、船で近くまで来てるよ。ヒナコの匂いだけでこの島を突き止めたんだからね。それで屋敷があったから偵察に来たら、ヒナコが大暴れしているから、ビックリだよ」

「えへへ。逃げなきゃと思って。まさかあんなにグラグラ揺れるとは、思わなかった！　はぁー、グーエン、傷は大丈夫なの？」

「うん。本当は無理しちゃダメだけど、どうせ言っても聞かないからね。早く顔を見せてあげてよ」

足腰が立たずシャマランに抱き上げてもらおうと、しゃがんでもらった時、わたしたちの顔の間を黒い光が通り過ぎる。

バキンッと砕ける音がして、それが『禁術』の黒い水晶の欠片《かけら》だとわかった。

「七和さん、そいつとどこに行く気？」

「暁さん……、わたしはもう帰りたいのっ！　お願いだから、わたしをグーエンの、夫のところに帰してっ！」

「嫌だっ！　俺は一人でこんなものに侵食されて、魔王になって、俺じゃなくなるなんて嫌だ！　七和さん、同じ場所から来た君ならわかるだろ!?　この世界がどれだけ、理不尽なことを俺にしているかって！　俺と一緒にいてよ……怖いんだ」

最後のほうは震えるような声を出して、暁さんが縋《すが》るような目でわたしを見ていた。

理不尽……確かに、魔王を召喚するために呼ばれた勇者なのに、自分が魔王にされて苦しめられるなんて不本意で理不尽だろう。

でも、理不尽さで言えば、こちらだって同じだ。

「わたしだって、巻き添えでこの世界に来たんです！　それは理不尽じゃないんですか？　暁さんは魔王を倒すことを勝手に決めて、しかもわたしに相談なく条件を決めたおかげで、わたしがどれだけ苦労したと思ってるんですか？　それは理不尽じゃないんですか⁉　それでも、やっとこの世界で幸せに生きられる場所を手に入れたのに……もうわたしを暁さんの理不尽に巻き込まないで‼」

酷いことを言っていると思う。でも、わたしだって理不尽な思いをして、それでもこの世界で、グーエンの傍で生きていくと決めたのだ。わたしにとって一番大事なのは、グーエンだから。彼のところへただ帰りたい。

それだけのことだった。

「なら、七和さんが俺を殺してよ……頼むから。魔王になんてなりたくない」

わたしは首を横に振る。

自分を殺してくれだなんて。わたしは理不尽に巻き込むなと言っているのに、この人はなにもわかっていない。

「暁さん、それこそ理不尽です。なんでわたしが暁さんを殺して、その罪を背負わなきゃいけないの？」

「わかってる。でも、俺はこんな誰も知らないところで、一人で魔王になって、いつか知らない誰かに勝手に恨まれて殺されるなんて、嫌だ」

ガタガタと震えながら顔を覆う暁さんには同情する。

でも、巻き込まれるのは、もうたくさんだ。

「シャマラン、帰りましょう」

「あのさ、勇者で魔王さん。その鎧《よろい》と武器、それ、外したほうがいいよ。魔王になりたくないならね」

「シャマラン、なにか知っているの？」

「グーエン隊長が、勇者に関する古文書を取り寄せて調べたんだよ。勇者だけが扱える武具。それを身につけて魔物を殺すと能力が上がっていく分、鎧《よろい》も剣も黒くなって魔王へより近づいていくんだ」

暁さんが大剣を床に下ろすと、ベックがやってきて鎧《よろい》を脱がしていく。

体は黒い水晶でかなりデコボコしていて、下に着ていたシャツやズボンからも水晶のかたちが浮き上がっていた。思ったより、侵食が酷いみたいだ。

「第一、魔王なんて普通は、倒したりしないんだよ……」

「え？」

「え」

暁さんとわたしは「え」としか言えなかった。

倒さなくていいんだとしたら、暁さんはなんのために勇者として召喚されたのだろうか？

「可哀想だけど、魔王ってさ、別にこの世界では、害になるものじゃないんだよ。魔物は確かに、人を襲うことがあるから、必要なら退治するけどね。魔王は魔物を配下にしているだけで、人に害をなすわけじゃない。むしろ魔王が管理してくれれば、人里に魔物は来ない。こっちが手を出さない限り、安全なんだよ」

力が抜けたように暁さんが床に膝をつく。

シャマランは肩を下げながら、「勇者なんて必要なかったんだよ」と言った。

「古文書からわかったことは、よその世界の人間に魔王を倒させて、魔王にしてしまうなんて非人道的なことはしてはならないと、ニルヴァーナ国以外の国は『勇者召喚』を封印した。魔王になると、何百年も生きるはめになって、死ぬより辛いからね……ニルヴァーナ国は万が一のために、唯一召喚の手段を残していた国なんだ。それがまさか、魔石欲しさで『勇者召喚』をするなんて、バカなことをしでかしたものだよ」

これでは、勇者なんて誰もこの世界ではやらないだろう。

だからこそ、なにも知らない、別の世界の暁さんが呼ばれて、貧乏くじを引かされた。

暁さんはニルヴァーナ国の欲望のためだけに呼ばれ、割に合わない仕打ちを受けている。

「俺は、これからどうなるんだ……？」

うなだれて呟く暁さんの言葉に、「負《ふ》の感情を捨てることから、はじめなさい」と、低く通る愛しい声が響いた。

「グー、エン……？」

「ヒナ。迎えに来ましたよ」

体に包帯を巻いて、深緑色の警備服を羽織ったグーエンが、歩いてくる。

「グーエンッ！」

グーエンのところへ駆け寄ると、両手を広げてフワッとした笑顔でわたしを抱き上げてくれた。顔を擦《す》り寄せてキスをしては、目を合わせて、またキスをする。

「ヒナ。大丈夫でしたか？　遅くなってすみません」

少しだけ消毒液臭いグーエンに、わたしは眉を下げる。

「グーエン、怪我は大丈夫？　ごめんね。重いでしょ？　下ろして」

「いいえ。たとえ傷口が開いても、もうヒナを離しません」

「傷が開いたらダメでしょ！　もう、本当に……会いたかったよ」

グーエンの首に抱きついて涙を流すと、グーエンは「私も会いたかったです」と囁いて背中を撫《な》でた。

優しくて大きい手は、いつだってわたしを安心させてくれる。

「グーエン隊長。僕が帰るまで、なんで待ってないんですか？」

「ヒナの匂いがしているのに、船で大人しくなんてしていられません！」

「まったく、僕たち部下を振り回すのは、いい加減にしてくださいよー！」

シャマランがグーエンに小言を言いつつ、ニマニマ笑っている。

これは帰ったらシャマランになにか美味しいものでも作って、お詫びをしなきゃいけない。

迷惑をかけたであろう他の人たちにも、お詫びにお菓子でも作ったほうがいいだろうか？

「ヒナ。帰りましょうか」

「うん。……って、暁さんは？」

振り向くと、暁さんがうずくまっていた。

赤黒いモヤが暁さんの体から出て、黒い水晶が体中を覆いはじめる。

「アカツキ！」

「暁さん！」

ベックとわたしが呼ぶと、暁さんはゆらりと立ち上がり「ガアァァッ！」と、理性をなくした獣のように、唸《うな》り声を上げた。

「勇者アカツキ……魔王化が深刻ですね」

「グーエン、暁さんはどうなるの!?」

「一度、落ち着かせなければいけません。ヒナ、少し離れていてくださいね。シャマラン！　ヒナとそこの男性をお願いします！」

わたしを下ろすと、グーエンは走り出してベックの首を掴み、シャマランのほうへ投げ飛ばした。

「ちょっ！　グーエン隊長、無茶しないでくださいってば！」

「うわぁっ！」

「きゃあ！」

「二人とも、暴れないでよ！」

シャマランは投げられたベックの腕を掴み、さらにわたしの腰に腕を回して背中から翼を出すと、バックステップをして、グーエンたちから距離を取って飛ぶ。

見かけによらずシャマランも意外と力持ちのようで、わたしとベックを抱えて悠々とこの部屋の天井近くにある窓まで飛んでしまうのだから、侮れない。

下では、黒い水晶が暁さんの体を鎧《よろい》のように覆っていた。

「アカツキ！　しっかりしろ！」

ベックの声に暁さんはこちらを見上げたかと思うと、次の瞬間有り得ない高さまでジャンプして、わたしたちの目の前にいた。

「ア、アアアァァ！」

「ひゃあっ！」

「嘘だろ……」

暁さんの叫びにわたしとベックは驚いて声を上げ、シャマランが後ろに避ける。地上に落ちる暁さんを迎え撃ちグーエンが蹴り飛ばすと、派手な音を立て本棚にぶつかった。

「理性をなくしているようですね」

グーエンは暁さんの倒れ込んだ本棚を睨みつける。しかし大したダメージを受けていないのか、暁さんは体を起こし、本棚を片手で持ち上げ、こちらへ投げつけてきた。

わたしたちへ届く前にグーエンが氷魔法で本棚を粉砕し、本棚だったものがバラバラと落ちていく。

「アアアアァァ！」

「アカツキ！」

暁さんの叫びを圧倒するように、グーエンの声も大きくなる。

グーエンが氷柱を作り出しては暁さんに投げつけ、暁さんはその攻撃を避けながら、人間とは思えない速さで部屋中を移動していた。

「どうすりゃいいんだよ……アカツキを元に戻せないのか？」

「勇者の武具は外したから、完全に魔王化することはないだろうけど、意識が飛んでいるみたいだし、正気に戻さないと駄目じゃない？」

シャマランは肩をすくめつつ、ベックが前に出ないように首の後ろを掴んでいる。

暁さんは黒い水晶で剣を作り出し、グーエンに向けて振りかぶった。

「グーエンッ！」

悲鳴のような声を上げて前に出たわたしの横を黒いものが横切った。ガシャンッと音を立てて窓が割れ、足元がぐらりと揺れて今まで立っていた場所が崩れていく。

「あっ！　ヒナコ！」

わたしはシャマランが伸ばした手を掴み損ね、落下してしまう。

「きゃ、きゃああ！」

硬く目を瞑《つむ》って衝撃が来るのを覚悟したけれど、なぜか落ちている感覚がない。

恐る恐る目を開けると、なにかにひっかかって、落下を免れたようだ。

「ヒナ。怪我はないですか？」

「あ、うん。多分……」

どこからグーエンの声がしているのだろうと上を見ると、大きな銀色の狼が、わたしの服の襟を咥《くわ》えていた。

グーエンが獣化して助けてくれたのだ。ホッと息を吐いて床に下ろしてもらう。

「今の黒いの、なんだったの？」

「アカツキが投げた剣です。完全に理性をなくしていますね……危険です」

上を見上げると、さっきまで立っていた窓の辺りは完全に崩れ落ちていた。シャマランがベックを抱えて、わたしたちのところへ下りてくる。

「ヒナコ！　大丈夫だった？　間に合わなくてごめん！」

「ううん。大丈夫だったし気にしないで。それより、シャマランたちも大丈夫？」

「ん？　ヒナコ、怪我してるよ」

「なんですって⁉　ヒナ！」

グーエンがズイッと顔を寄せると、狼の姿なのでわたしは鼻に押されて仰け反る。

「グーエン、近いよ」

アイスブルーの瞳にわたしの顔が映り、自分の頬に赤い筋ができているのがわかった。

手で触ると少しだけヒリヒリとしたけれど、深い傷ではないようだ。窓が割れた時にガラスで切ってしまったのかもしれない。

「ヒナの、ヒナの顔に……傷をつけるなんてっ！」

「そんなに酷くないから、大丈夫だよ？」

グーエンの毛がザワザワと逆立ち、冷たい風がグーエンを中心に吹き荒れる。

「グーエン隊長⁉　マズい！　ヒナコ、撤収するよ！　あんたも！」

シャマランがわたしとベックを両手に抱え込むと、割れた窓から外へ飛び出した。

「なに？　え、ええ？　シャマラン⁉」

「巻き込まれる前に、離れるよ！」

なにに巻き込まれるの？　と聞く前に轟音が響き、デニアス卿の屋敷を突き破って巨大な氷が生《は》えた。

「なにあれ……って、もしかして、グーエンの氷⁉」

「グーエン隊長は、ああなると手が付けられないから、逃げるよ！」

「待ってくれ！　アカツキが心配だ！」

ベックは暁さんを、そしてわたしはグーエンを心配して後ろを振り向く。

「二人とも、後ろを振り向かないで！　バランスが崩れたら落ちるでしょ！」

シャマランに怒られ、わたしたちは大人しく小脇に抱えられたまま、屋敷から離れた。

屋敷からは今も、ドカーンと派手に破壊音が響いている。

非常に気になる！　嫌な物音しかしない！

ウオォォーンと、狼の遠吠えが響き渡る。

シャマランが立ち止まって振り向くと、わたしたちも屋敷を見ることができた。

屋敷の半分を氷が下から突き破り、大破している状態だった。

「うわぁ……グーエン隊長、えげつない」

「グーエン、大丈夫かな？」

「アカツキ……」

わたしたち三人が心配そうな顔で見つめる先で、人型に戻ったグーエンと暁さんが、壊れた屋敷から突き出た氷の上で戦っていた。

どう見ても、グーエンの圧勝だ。

勇者の武具がなければ、暁さんはただのサラリーマン。

現役の警備兵で獣人のグーエンに勝てるとしたら、魔王化して得た力だけだろう。

しかし、グーエンと攻防を繰り返すうちに、黒い水晶が割れ落ちて、動きが悪くなっている。

グーエンと暁さんは、戦いながら叫び合っている。

「七和さんは、俺が先に、目を付けていたんだ！」

「出会ったのが先でも後でも関係ありません、それはヒナが選ぶことでしょう！　ヒナは私を選んだ！　それが全てです！」

あ、なんだかわたしを取り合っている？

シャマランとベックがわたしを見る。やめて。わたしは関係ないと思うの！

「七和さんは、元の世界に連れて帰る！」

「ナナワ、ナナワと！　ヒナは、もうすでにヒナコ・テラスです！　私の妻で、この世界で私と一生いると誓い合ったのですからね！」

いやぁー！　暁さんもグーエンもやーめーてぇー！

むしろ会話がおかしい！　わたしは取り合うような価値のある人間じゃないからね!?　というか……

「わたしは、ものじゃなーい！　暁さん！　わたしは暁さんに、お断りしたはずです！」

わたしは、二人の恥ずかしい会話を力の限り叫んで止めることにした。

わたしを無視して、取り合うなと言いたい。

暁さんの動きが停止すると、グーエンの拳が、暁さんの顎に綺麗に入ってしまった。

「あ……」

「ヒナコ……」

ベックとシャマランがわたしを見るけど、そんな目で見ないでほしい。

戦いが終わり、わたしたちは再びグーエンたちのところへ戻った。

屋敷の瓦礫《がれき》の中に倒れ込んだ暁さんは、気を失っていた。

暁さんが気を失っていたのは、ほんの五分くらいだったと思う。

目が覚めた暁さんは少しだけ、ションボリとしていたけれど、魔王化は治まっていた。

「暁さんはどうなるの？」

わたしに腕を回して抱きついているグーエンに聞いた。

グーエンは、暁さんに見せつけるように、わたしの頬にキスをしながら尾を振っている。

「彼は、これから少しずつ、負《ふ》を祓《はら》っていかなければいけません」

「負《ふ》？」

負《ふ》とは負《ふ》の感情の負《ふ》で合っているだろうか？

暁さんもグーエンを見て、困惑した顔をしている。

わたしたちの会話に、シャマランが楽しそうに口を挟んできた。

「古文書を見るまで僕たちも、おとぎ話だと思っていたんだけどねー。昔から言われているんだよ。『悪いことをしたら負《ふ》が溜まる。溜まれば魔王になってしまうから、いいことをしましょうね』ってさ」

「えーと、それって普通に悪いことしちゃ駄目ってことだね」

シャマランの言葉で『悪いことをしたら夜、おばけが出ますよ』と、幼稚園で先生に言われたことを思い出した。

「古文書に書いてあったのは、魔物を殺せば魔に近くなり、人を殺せばより近くなる、ということでした。ただし、悪いことをすればということで、逆もしかり。善い行いを積み重ねれば、元に戻ることも可能だそうです」

「つまり、暁さんの魔王化を止めるには、これ以上悪いことをせず、いいことをしていけばいいってこと？」

「有り体に言えば、そうなります」

すでに暁さんはかなりの数の魔物、そして魔王を殺してしまっているわけだから、かなりの善行を行わなければいけない気がする。

「貴方は、ヒナを誘拐してから、魔王化が進んだのではありませんか？」

「……誘拐も、ダメだと？」

「当たり前です。私も斬られましたし、船員も三人負傷しています。元の体に戻りたいのならば、善行を積み重ねることです」

「俺は……騙されただけなのに……」

「それは同情しますが、関係のない者を傷つけたのは事実です」

暁さんが元に戻るには長い時間がかかるのは確実なようだ。

デニアス卿の屋敷に警備兵の人たちが到着し、暁さんを連れていく。

ベックは暁さんを心配して同行し、わたしも船に乗り込んだ。グーエンに抱き上げられたままである。

グーエンの片腕の上にお尻を乗せて、片時も離れず気づけば口づけを交わしているイチャイチャな新婚さんのわたしたちに、周りはいたたまれない気持ちだと思う。

わたしだって羞恥心はあるのだけど、誘拐されてやっとグーエンのところに帰れて、理性を制御するネジが少しばかり、外れちゃったのだ。

「グーエン。また海兵のノニアック隊長に、船を乗っ取ったって怒られない？」

「今回は手続きを踏んだので大丈夫です。我々はこれよりニルヴァーナ国へ向かいます」

「なんでニルヴァーナ国へ？」

「アカツキが生きているなら、彼の財貨を回収できます。彼が怪我をさせた被害者へ慰謝料を払わせなければなりませんから。それにニルヴァーナ国は、あの事故で請求される損害賠償を彼の財貨で支払おうとしていましたので。しっかり、ニルヴァーナ国自身で支払ってもらわなくては、アカツキは報われません」

なるほど……？

まぁ、国が他人の稼いだお金を着服しようとは、なんとも情けない行為である。

「グーエン隊長、氷を溶かしてもらっていいですか？」

「ええ。皆、乗り込みましたね？」

「はい。全員います」

グーエンが船の甲板に立ち、片手を上にあげてギュッと拳を握りしめると、船からデニアス卿の屋敷までの海面に張られた氷が砕けてなくなる。

どうやら、グーエンはわたしのところに来るのに、海を凍らせて道を作って走ってきたらしい。

まさに氷の隊長の名に相応しい芸当である。

船が出航すると、グーエンは船医に捕まって医務室に連れ込まれた。

「グーエン隊長、くれぐれも無理はしないようにと、あれほど、言ったじゃ、ないですかぁぁ！」

船医はギリギリと包帯を巻きながら怒る。グーエンは耳を下げて大人しく椅子に座っていた。

背中の傷は勇者の大剣で切られたものということもあって治りが遅いらしく、その上あんな大立ち回りをしてしまったものだから縫ったところから血が滲《にじ》んでいた。大人しくしていなければ、わたしがベッドに縛《しば》りつけていたところだ。

包帯を取り換えてもらって、わたしを膝に乗せようと伸びてきたグーエンの手を、ペチンと叩く。

「グーエン、治るまでは抱き上げ禁止」

「すぐ治りますから大丈夫です！」

「ダメ！　グーエンがよくても、わたしが気になるからダメ！」

「ヒナ……」

グーエンは眉を下げて鼻からキューンと切なそうな声を出すけど、ここで折れてはいけない。

グーエンのためにも、自分のためにも。

「治るまでは、大人しくしていること！」

「なら、せめて近くに、私の目のつくところにいてください」

「それはいいけど、本当に大人しくしていてね？」

パッと顔を輝かせて、尻尾を振りながらグーエンがわたしの後ろをついて回り、七日間の航海はずっとそんな感じだった。七日間の船の旅では、グーエンと一緒に暁さんに事情聴取したり、ベックと一緒に暁さんのお世話をしたりした。

グーエンはいい顔はしなかったのだけど、魔王の力に侵食されている時の呻き声が可哀想で……つい、世話を焼いてしまったのだ。

あと、不思議なことが一つ。

船で料理を作ったのだけど、日本人のお袋の味、肉じゃがを食べた暁さんに異変が起きた。体の黒い水晶がポロポロ落ちて、落ちた石は『禁術』から魔石に変わっていたのだ。

故郷の味で浄化されているのかも？　って、話だ。

船の中では材料がそれほどあるわけじゃないから、日本料理をドーンと作ることはできない。

落ち着いたら食材を買って、他にも色々食べてもらって反応を見たい。

上手くいけば暁さんを浄化できるかもしれないので、次になにを作るかわたしは頭を悩ませている。

「ヒーナー……」

「あっ、どうかしたの？　グーエン」

「ヒナ。私より、アカツキのほうがいいんですか……？」

「そんなことないよ。料理のことは考えていたけどね」

グーエンが渋い顔で眉間にしわを寄せて、わたしの頭に寄りかかる。

ニルヴァーナ国の港に着いたわたしたちを迎えの馬車が待っていたので、わたしたちはそれに乗って城へ向かっているのである。

暁さんは頭からフード付きのマントを被って怪しさ満点だけど、黒い水晶が顔から取れた分、魔王らしさは軽減した。

「あの……俺を引き合いに出して、イチャつくのをやめてほしいんだけど」

暁さんがわたしとグーエンの向かいに座って不満の声を上げるので、わたしは「イチャついてないよ！」と言い、グーエンは「私たちは夫婦で新婚家庭なのですから、これぐらい我慢してほしいところです。本来なら、家でヒナと一緒に休日を楽しんでいたのですからね」と、チクチクと暁さんを口で攻撃した。

まぁ、本当に今日は、本来であれば休日のはずだったから家でのんびりしているか、買い物にでも行っていたと思う。

それに、グーエンは背中の傷のせいで安静を言い渡されているので、夜の営みも禁止されて鬱憤《うっぷん》が溜まっていて、暁さんには攻撃的なのである。

うーん……困った旦那様だ。

わたしたちがワァワァ騒いでいるうちに、馬車は懐かしの王城の門へ入っていった。

第八章　日南子クッキング

久々の王宮は初めて召喚されたあの時と、それから暁さんに置いて行かれたと思って文句をつけに来た時と変わらない。

大きなダンスホールのような謁見の間に、無駄にキラキラしている金色のシャンデリア。

玉座にはトランプのキングそのままな、クルクル巻き毛で髭のオジサン——王様。

そして学者帽を被った学者のお爺さん。

チッ、ハゲてない……わたしの呪いは不発だったようだ。

「我々はセスタ国より、勇者アカツキの褒賞と財貨を回収しにきました」

深緑色の警備隊長服に身を包み、セスタ国からの書簡を広げて王へ突き出すグーエンは、お仕事モードの凛々《りり》しい姿に『氷の微笑』を浮かべている。

本当は背中の傷を圧迫するから上着は着てほしくないけど、王の前に出るのに上着を着ないのは失礼なので、痛み止めを呑んでキッチリ着こなしている。

わたしとしては憎い王と学者に、書簡ごとグーパンチで顔面に叩き込んでもいいと思うのだけど。

玉座の前にいるのは、セスタ国の使者として来たグーエンと部下のシャマラン。他のセスタ国の警備兵は少し下がった位置にいる。わたしもフードを目深に被った暁さんとベックとともに並んでいた。

「勇者アカツキの財貨をなぜ、セスタに支払わねばならないのか？」

「いやはや、セスタ国は流石獣人の国。考えが動物並みのようですな。いや、失礼。悪気はないのだ」

あからさまにこちらを馬鹿にした態度をとる王と学者に、シャマランが頬をヒクつかせている。グーエンの尻尾も不機嫌そうにゆらりと揺れて、周りの温度が少し下がるのを感じた。

「勇者アカツキをこちらで預かっています。アカツキに聞いたところ、褒賞は国宝の装飾品だと伺いました。それに、彼が魔王討伐で得た財貨三億シグルが宙に浮いているそうですね」

「勇者アカツキは、元の世界に帰った！　我々を騙そうとしても、無駄だぞ！」

「どこで聞いたか知らないが、勇者の財貨は我々王国のものだ！」

王と学者がギクリと顔を強張らせ、ムキになって言い返すが、褒賞に関しては、暁さんに王が約束したものだ。

『無事、魔王を倒すことができたなら、国宝の首飾りを褒賞としてとらせよう』

そう言い、ゴージャスな涙型のエメラルドの首飾りを見せてもらったらしい。

「アカツキに約束した国宝の装飾品は本当に、あるのですか？　嘘をついたのでは？」

「なんと無礼な！　国宝の『エスメラルダの涙』と言われる、この世界でも二つとない宝石にして至高の首飾りは、魔王を倒した勇者にこそ相応しいと、召喚前から用意していたのだ！」

王は「勇者アカツキが帰還してしまったのは、実に残念だ」と大袈裟に手を広げ、オペラの俳優かな？　というぐらいの芝居がかった動きで嘆き悲しんでみせた。

あまりの胡散臭《うさん》さに「うわぁー、引くわぁ」と思ってジト目で見ていたら、学者がわたしに気づき、「お前は！」と指をさす。

「そうか！　わかったぞ！　全てお前の入れ知恵だな！」

「どうした？」

「陛下、あの女です！　勇者アカツキと一緒に来た女がいます！」

王もわたしを凝視して鼻で笑った。

「さては、船の魔道具が壊れているなどと虚偽を申し立てたのも、お前の仕業だな！　売られたことを恨みに思って浅知恵を働かせおって！」

「うまくセスタの獣人を手懐けたようだが、このようなことをしでかしてどうなるかわかっておるのだろうな！」

王と学者が「衛兵！　あの女を捕らえろ！」と仲良く同時に声を上げると、氷の柱が王と学者の体スレスレに床から突き上げた。

「どうなるのかわかっていないのは、貴方たちのようですね？　彼女はニルヴァーナ国によって別の世界から誘拐された被害者であり、今はセスタ国が保護するセスタ国の国民です。彼女に手を出すことは、セスタ国を敵に回すことだと思っていただきましょうか」

ヒィィ～ッ！　グーエンやりすぎだから！

嬉しいけど、わたし一人のために国同士の戦争に発展させちゃ駄目だからーっ！

周りの警備兵も「いつでもかかってこいってんだ！」と息巻いている。

あああ、なんで獣人の人たちは血の気が多いのかー！

「勇者アカツキの褒賞と、財貨……引き渡してもらいますよ？」

ニッコリ笑顔でグーエンが指を鳴らすと、氷の柱がパシュンと砕け散る。

コトン……と、学者の頭から学者帽が落ちると、ツルンとした頭が光っていた。

わたしの呪いのせいではないと信じたい。でも『落ち武者』と思ってしまったのは内緒である。

「だ、だから、なんでセスタ国の使者に渡さねばならんのだ！」

「それは、アカツキがセスタ国の預かりだからだと、言ったでしょう？」

「だったら、勇者アカツキを連れてくるのだな！　本人以外に渡す気はないぞ！」

「そうですか……では、アカツキこちらへ」

暁さんがフードを取って玉座の前へ出ると、王と学者は「ヒィッ！」と声を上げて暁さんを見上げる。

料理のおかげか大分マシにはなってきているけど、まだ山羊《やぎ》のような角と、背中の翼、赤い目の色はそのままだ。どう見ても、魔王の姿である。

「ば、化け物っ！　勇者アカツキ！　お前は化け物だったのか！」

「魔王と手を組んだのか⁉」

口々に暁さんを非難する言葉が飛び、謁見の間にいるニルヴァーナ国の騎士たちも動揺していた。

しかし、彼らにそんな風に責められるいわれはない。

「黙りなさいっ！『勇者召喚』の代償も知らずに呼び出して、なにも知らない異世界人をこのような境遇に追いやりながら非難するなど、言語道断ですっ！　恥を知りなさい！」

グーエンの怒気に満ちた冷たい声が、謁見の間に響いた。

静まり返る謁見の間は、グーエンの冷気で薄氷が張っていた。

魔王姿の暁さんを見た王と学者は、青ざめた顔をして身を震わせている。

暁さんが二人の前に出て口を開くと、二人は「ヒィィ」と、お互いに押し合うように後ずさりした。

「国王陛下。俺はこんな姿になったけど、魔王を倒した。褒賞と、俺が魔物を倒して得た金を全部渡してくれ。俺の罪を償うのに、俺にはそれが必要なんだ」

「冗談ではないっ！　魔王になった者に国宝を渡すなど……っ」

バンッと派手な音を立てて、氷の柱が再び王と学者の足元から飛び出す。身動きを封じられた二人は「ギャー！」と叫び、シャマランに「バッカじゃないの？」と呆れられていた。

「魔王を討伐すれば、倒した人が次の魔王になる。それを知らずに『勇者召喚』した罪は、今後の国際裁判で取り上げられるから、覚悟しておいたほうがいいよ？」

シャマランが書簡を王の前に広げ、王と学者が「国際裁判っ!?」と大声を上げて、今にも失神しそうになっている。

国際裁判は他の国々の王や裁判官たちによる、国家や世界レベルの犯罪を裁くためのもので、そこでの決定は一国の王といえど、覆《くつがえ》すことはできない。

滅多にないことなのだそうだけど、今回は魔王が討伐されたことで、魔物が人々を襲うようになったこと、ニルヴァーナ国が流通させた魔石の効果が失われ、各地に被害が出ていることが問題視されている。

そして『勇者召喚』により異世界から人を誘拐したことについて、ニルヴァーナ国を非難する声が他国からも上がっている。

これに関しては、セスタ国が『勇者召喚』に関する古文書を各国に開示して、なにが起きたかを知らせたことも大きい。

「さあ、罪を認め、国際裁判で少しでも印象をよくしたいのならば、今のうちに褒賞と財貨をアカツキに渡しなさい！」

「うぐぐ……っ、わかった……」

「陛下!?」

「仕方がなかろう！　国際裁判にかけられるならば、今から根回ししたところで、もう後手に回っておるのだ！　ああ、こんなことなら、お前の言うことになど耳を貸すのではなかったわっ！」

「陛下あんまりです！　わたしはちゃんとよく調べてから実行するように助言しました！」

王と学者は醜い言い争いをしたものの、褒賞の『エスメラルダの涙』の首飾りと三億シグルが暁さんの手に渡った。

王はすごく出し渋っていたけど、これは暁さんの正当な権利なのでしっかり回収である。

「これで用はなくなっただろう！　ワシは国際裁判の準備があるのだ！　早く去れ！」

騒ぐ王様にグーエンが目を細めて、「私の用件はここからですよ？」と氷の微笑を浮かべた。

なんだか、グーエン怖いのですけどー？　と、いうかだよ。用件はこのことじゃなかったの？

「ヒナ、こちらへ」

「へ？　わたし？」

グーエンに呼ばれて駆け寄っていくと、グーエンの片手が腰に回る。

「このヒナコ・テラスに対する異世界からの誘拐、無賃金労働、人身売買に関し、謝罪を求めます！」

「えっ⁉　グーエン？」

なにを言っているのー！　と見上げると、グーエンは「ヒナの権利です」とニコッと笑い、王と学者は「ハァッ⁉」と声を揃えて口をあんぐりさせた。

わたしも多分同じ顔をしていたと思うけど、でも、確かに暁さんを誘拐したことを罪に問われているなら、わたしに対しても同じ罪になるのは間違いない。

「その女は、呼んでいないのだぞ！」

「逆に一年もの間、衣食住を提供してやったのだ！　感謝してほしいぐらいだ！」

「誘拐しておいて、衣食住の世話をしないなら、それこそ問題でしょう？　第一、貴方がたが『勇者召喚』をしたせいで彼女は巻き込まれ、この世界へ来てしまった。これは誘拐です。これも国際裁判に議題の一つとして、提起してもいいのですよ？　見知らぬ場所に勝手に連れてきたくせに『感謝しろ』などと、よくもまあ言えたものですね」

うんうんと、わたしもグーエンの言葉に頷く。でも、今はグーエンに会えたのだし、気持ちとしてはもうそこまで怒っているわけではない。

最初の頃の怒りはすごかったけどね。

「っ！　ええい、面倒だ！　いくらだ！　いくら欲しい！」

「陛下、これはただの脅しです。その女に屈する必要などありません！」

ムッとわたしが目を吊り上げると、グーエンが「反省していないようですね」と、喉からグルルルと威嚇する声を出した。

「お金が欲しいんじゃないわよ！　この強欲ジジイ！　謝れって言っているの！」

謝ったところで許すわけはないんだけど、お金で解決できるようなことではない。しかも人をたかり扱いしているのが気に入らない！

わたしの言葉に王と学者はムッとした顔で「なんでお前に謝らねばならんのだ！」と、眉を吊り上げる。どうやら、謝る気はないらしい。

どれだけわたしのことを下に見ているのか……わたしはただの一般人だから、王様や学者みたいな偉い人には、最下級の人間に謝罪するって相当嫌なものなのかもしれないけどね。

「どうやら謝罪する気はないようですね。これより、貴方がたを罪人として国際裁判がはじまるまで拘束します！　この者たちを牢へ！」

グーエンの合図でセスタ国の警備兵たちが王と学者を取り囲み、二人が「衛兵！　こいつらを叩き出せ！」と騒いでいるけど、この謁見の間の騎士たちは、グーエンの氷の魔法で足下を凍らされて動けないのである。

「悪かった！　謝る！」

「くぅっ！　放せー！　野蛮な野獣どもめ！」

ふぅ、と小さく溜め息を吐いてグーエンが拘束された二人を見下ろす。

「今さら遅い。私の大事なヒナを傷つけた罪は、重い。せいぜい、国際裁判の日まで、震えて暮らしなさい」

「一介の警備兵ごときがこのようなことをしでかして、ただで済むと思うな！」

「申し訳ありませんが、我々は各国々より、ニルヴァーナ国の罪人を捕らえる権限を与えられています。貴方がたは罪人です。連れていけ！」

警備兵に引きずられて王と学者が謁見の間から連れ出され、お城にいた他の人々も次々に拘束された。『勇者召喚』と『魔道具』に関わった人たちは罪人ということらしい。

そこからどれだけの罪になるのかを調べていくようで、他の国からの使者が来るまでは、グーエンたちのお仕事になる。

ニルヴァーナ国に他国からの最後の使者が来たのは、わたしたちが王たちを拘束して一週間と三日経ってからだった。

近場の国の使者はわりと早い段階で到着していて、グーエンたちと一緒にニルヴァーナ国の賠償金に関しての調査や財産管理をしていた。

これに関しては、言い方は悪いけど、盗んだりしないようにどの国もお互いに見張り合っていた、というのが正しいと思う。

使えなくなった魔道具の賠償として、ニルヴァーナの宝物庫から各国が差し引いていき、さらに凶暴化した魔物の被害分が差し引かれていくらしい。

セスタ国は一足早く回収を終え、使者が賠償金を届けに被害者や遺族のもとへ向かっている。

ちなみに、わたしももらっちゃいました！

誘拐その他と精神的苦痛で二千万シグル！　グーエンは少なすぎると言っていたのだけど、十分なんだよね。

元の世界に戻れない分、わたしの残りの人生にあたる分を請求すべきと言われたけど、グーエンに会えたことはお金にはできないし、これからの人生でグーエンが傍にいるなら、十分お釣りがくる。そう話したら、グーエンが「そんな最上の愛を示されたからには、私もヒナに示さなければッ！」とわたしを抱きかかえようとするから、止めるのが大変だった。

実はグーエンにも、わたしの『商品』としての代金を肩代わりした分、二千万シグルが返還され、我が家の貯金は元通りになった。

むしろ、わたしに二千万シグルが入ったから、倍になったと言っていい。

ニルヴァーナ国の財務大臣が、各国の使者に国庫や予算などを書面で出せと言われて、最近はずっとゲッソリした顔で働いていて、尻拭いをする人は可哀想だなって同情する。

王や学者は身包み剥がれて牢屋に入れられていて、相変わらず不満たらたら。

国際裁判で処遇が決まるまでは、牢にいるみたい。

グーエンからチラッと聞いたところ、魔物狩りの一団に入れられるだろうということだ。

魔物を退治したがる人はあまりいないけど、そのままにしておけないので、要請のあったところに警備兵やそうした魔物狩りの人々が行って退治する。

罪人の多くは、魔物の解体作業をさせられるのだとか。

魔物の死体は異臭が酷いらしく、誰もやりたがらない仕事ナンバーワン。だから罪人の労役としてそうした仕事をさせることが多いらしい。

王と学者にはこの仕事をさせて、罪を償わせることになるだろうということだ。

悪いことをしたら王といえど容赦がないのが、異世界の厳しさである。

一週間弱の間、それぞれが仕事をしていて、わたしも自分でお仕事を見つけた。

暇にしていられるほど、甘くない。わたしが今現在いる場所は、ニルヴァーナ国の王城の厨房。

ニルヴァーナ国の王や貴族が捕まり、わずかに残った人たちも国から逃げてしまったのでお城は大混乱で、使用人たちはお給金が支払われないのは勘弁と出ていってしまったのだ。

そんな理由で、わたしはせめて自分たちの食べる分ぐらいは作りますかー！　と、料理を作っていたんだけどねー……気づいたら、他国の使者も食べに来るし、財務大臣は逃げないようにといつも見張りに連れてこられているために、顔を覚えちゃったよ。

「ヒナコ。今日の昼飯はなんだい？」

厨房に顔を出し、そう声をかけるのは、首と頭に角のようなものが生《は》えた竜人族の青年だ。

早い時期にこの国に来た使者の一人で、よく厨房にご飯をたかりに来るのですっかり顔見知りになった。

「今日のメニューは『なんちゃってお好み焼き風グラタン』ですよ」

「なんちゃってオコノミヤキ風グラタン？　なんだいそれ？」

「本当は鉄板で焼くものなのですけど、鉄板がないですし、長芋がいっぱいあるので……まぁ、食べてみればわかりますよ」

オーブンから細長い大きなグラタン皿を出して、上からウスターソースに、カラメルを少し混ぜ込んで甘くしたソースをかける。見た目はチーズのかかったお好み焼きかな？

「しっかり食べてくださいね！」

「ドリア……グラタン？」

「ふふーっ、なかなか面白い食感ですよ」

竜人族の人がふぅふぅと冷ましながら、お好み焼きグラタンを口に運ぶとシャキシャキと小気味いい音がする。

「ヒナコ！　これなんだい？　口の中がヌルヌルするけど」

「長芋です。食料庫に大量にありまして、せっかくなので使っちゃいました。ねばねばは嫌いですか？」

「いや、長芋をこんな風に食べたのは初めてだ。美味いよ」

「それはよかったです。長芋の煮つけもあるので持ってきますねー」

長芋を使ったこのお好み焼きは、作り方は簡単。

長芋を粗く潰して、キャベツ、豚肉、小エビとホタテとイカ、それと粉末の出汁粉《だしこ》を混ぜ込んで、上にチーズを載せて焼く。あとは上からソースをかけるだけ。

本当は紅ショウガも欲しいところだけど、用意できなかったんだよね。

「はい。長芋の煮つけですよー」

「おぅ、これまた食感が違う！　同じ長芋なのかい？」

「同じですよ。煮るとホックリした食感になって、面白いでしょ？」

「ヒナコ。うちの国に来て、わたしの家で専属料理人にならないかい？　給金は弾むよ」

「いえいえ、わたしはー……」

「ダメですよ！　ヒナは私の『番《つがい》』で夫婦なのだから、ダメだと言いましたよね⁉」

食堂に入ってきたグーエンがカッと目を見開いて、ツカツカと歩いてくる。

「ハハハ。セスタ国の隊長殿は冗談が通じないな。まぁヒナコは欲しいが」

「冗談じゃないじゃないですか！　ヒナッ、こんな輩にヒナの手料理はもったいないです！　第一、食事は城下町に食べに行けばいいでしょう！」

「城下町の飯は不味《まず》くてかなわない。口に合わない」

確かにニルヴァーナ国の食事って、美味しくないんだよね。

ニルヴァーナ国の伝統的料理なので、改善することも難しい。

「最後の使者も来ましたし、我々は明日には帰ります」

「ヒナコだけ置いて帰らないか？」

「嫌です。ダメです！　ヒナは私のだと言っているでしょう！」

「ヒナコが居ないと、飯が酷いものになる」

「だったら、貴方がたも早く賠償金を回収して、国に帰ることですね」

フンッとグーエンがわたしを膝の上に乗せて椅子に座ると、わたしの首筋に自分の耳を擦《こす》りつけてマーキングを繰り返す。獣人の習性のようなものらしい。

「グーエン、明日には帰るの？」

「ええ。ヒナも早く我が家に帰りたいでしょう？」

「そういえば、ずっと家に帰ってなかったね。ゆっくり家でお茶が飲みたいねー」

「しばらく、家でゆっくりしましょうね」

早くわたしたちの家に帰って、二人でのんびり、この数週間の疲れを癒したい。

まぁ、ニルヴァーナ国からセスタ国まで船で一週間以上かかるから、家に帰るにはまだまだかかりそうだ。

セスタ国へ帰る日、港は朝から混雑していた。

ニルヴァーナ国の貴族がこぞって国外へ出ていこうとしているのだ。それを横目にわたしたちは自分たちの船に荷物を運び込んでいた。

「ヒナコ。友好の証にこれをやろう。今度うちの国へ来たら、これを見せればよくしてくれるだろう」

「鱗ですか？　緑と黄色の配色がキラキラしていて、綺麗ですね」

竜人族の人から鱗をもらうと、グーエンが素早く取り上げて、勢いよく海に放り投げた。

「「アーッ！」」

わたしと竜人族の人が声を上げ、グーエンは「油断も隙もないですね」と手を払っていた。

竜人族の人は海に潜っていってしまうし、一体なんなのやら？

「ヒナ。竜人族に鱗を渡されても、決して受け取ってはいけません。求愛行動ですからね？」

「そうなの？」

「ええ。受け取ると、勝手に妻にされますよ。しかも竜人族は一夫多妻ですから、何番目の妻にされるかわかりません。相手に夫がいてもお構いなしですからね」

うわぁー……それは勘弁してほしい。

しかし、海に投げた鱗を回収……できるものなのかな？　と、海を泳ぐ竜人族の人を「うーん」

と、唸《うな》りながら見ていると、船の出航を知らせる鐘が鳴った。

「あの人、放置しても大丈夫かな？」

「大丈夫でしょう。竜人族は頑丈さも売りですからね」

海の中から顔を出しこちらに手を振る竜人族の人にわたしも手を振り返して、船は静かに出航した。

船の甲板でベックと暁さんが、一緒に海のずっと遠くを指さしながら話している。

ベックは一旦、妹さんのいる故郷に帰るらしい。

慰謝料もそれなりにもらえたようで、それを妹さんに渡してくるのだそうだ。

暁さんはセスタ国で裁判を受けたのち、善行のために魔物を従えて人を襲わないようにしたり、それでも人に危害を加える魔物を退治したりと、魔王業と勇者業を同時にやっていくようだ。

暁さんがセスタ国にいる間に和食をいっぱい食べさせて、魔王化の進行を食い止めてあげることが、わたしにできるせめてもの手助けかな？

「グーエン。背中はもう大丈夫なの？」

「ええ。少し皮膚が引き攣《つ》りますが、他国に回復術が使える使者がいたのは助かりましたね」

「でも、完治ってわけじゃないのだから、無理しないでね」

「わかっていますよ。あとは国に帰るだけですから、船室で大人しくしています」

グーエンの手を引っ張って船室に放り込むと、待っていましたと言わんばかりに、グーエンが後ろから抱きついてくる。

「もう、大人しくしているんでしょ？」

「大人しくしていますから、ヒナが一緒にいてください」

スリスリと頭を擦《こす》りつけて、グーエンはすっかり甘えモードだ。『氷の微笑』『氷の死神』、そんなものは、どこへやら？　という感じで、嬉しそうに大人しくしていない手がブラウスをスカートから引き出している。

「グーエン、大人しくする気ないでしょう？」

するりとブラウスの中に入ってきた手がサワサワと素肌を触り、胸まで辿《たど》りつくとブラの紐を引っ張っている。

この世界のブラの紐はしっかり結ばないとすぐにほどけちゃうから固めに結んでいるのに、グーエンの手にかかると難なくほどかれてしまう。

「グーエン、こら、ダメだったら」

「ヒナこそ、大人しくしてください」

得意そうな顔で笑うグーエンに耳朶をカプリと噛まれて、ゾクゾクと電気のように快感が走る。

人の弱いところを狙うのはダメだと思うの。

それにね、回復術で治してもらったと言っても、完全回復ではないから、無茶をすればまた傷口はパックリ開きかねない。

暁さんは、どれだけお金を払っても回復術の使い手を探してグーエンの傷を消すと言っているけど、グーエンは警備の仕事をしていたらこのぐらいの傷はしょっちゅうだから気にするなと言っているし、わたしも治ってくれさえすれば、傷跡があっても別に構わない。

背中の傷は男の恥なんて思わないしね。

……って、そうじゃない。

「胸を揉《も》むの、ダメったら、んんぅ」

「こんなに硬く尖《とが》らせているのに？　ね、ヒナ。ヒナの体も寂しいでしょう？」

「やぁ……んっ、ん」

乳首を指でクリクリと左右に弄《いじ》って、耳の近くに口づけを落としては囁きを繰り返すグーエンに、体が寂しいのはそっちのほうでは？　と、言ってやりたいところだけど、触られる度にお腹の奥がきゅんきゅん疼《うず》いているのも事実だったりする。

「無理しちゃ、ダメでしょ……もぅ」

「なら、ヒナが上で動いてくれますか？」

「ふぇ？　上……って、上？」

わたしにグーエンの上に跨《また》って腰を振れと……？　一瞬「冗談でしょ？」と、言いそうになったけど……

「ダメですか？」

しゅんとしたグーエンの瞳を見たら、無下に断るのも心が痛い。

「い……一回、一回だけだからね？　一回したら、大人しくしていてね」

「善処します」

「善処じゃなくて、ハイでしょ？　ハイ。わかりましたでしょ？」

「ヒナの中が気持ちよすぎて、出られなくなるかもしれません」

「もぉー！　グーエンッ！」

顔を赤くして怒ると、上から覗き込むようなかたちでキスをされて、いつものように手際よく服を脱がされた。

ベッドに座るグーエンの膝の上に対面座位で座るべく、跨《また》がってみたものの……いきなり挿入なんてとんでもないわけで、だってグーエンのご立派なモノを、ただでさえ体格の違うわたしのアソコに慣らさず挿入したら裂傷ができる！

準備は大事……なんだけど、自分で弄《いじ》るのは恥ずかしいし、グーエンに大人しくしていなさいと言った手前、グーエンにさせるのも憚《はばか》られる。

「うーん……」

「ふふ、悩んでいるヒナも、可愛いです」

チュッチュッとわたしのおでこにキスを落としては尻尾を振って、目を細めて笑っているから、グーエンはわたしの困っている状況を楽しんでいるようだ。

でも、尻尾が揺れるとわたしの股座から、高々とグーエンの肉柄《イチモツ》が揺れて、股の間をクニクニと擦《こす》る。

「やッん……ッ」

「ヒナが動いてくれるのでしょう？　どうしました？」

「はぅ……わ、わかってる。もぅ、意地悪」

グーエンの胸に顔をくっつけて体を密着させて、恥ずかしいけどやるしかないと、恥丘の間に擦《こす》り合わせるように肉棒を当てて体を上下に動かすと、秘処の間にある花芽にも当たって、膣壁の中からきゅんきゅんきゅんとした甘い痺れが湧き上がる。

「んっ、あ、ん、んっ」

「ヒナの蜜が塗られていくのがわかりますね。ヌルヌルになってきていますよ」

「やっ、はぁ、そういうこと、すぐ、言うんだからぁ、んっ」

グーエンの手がお尻を軽く掴んで、上下に動くわたしのお手伝いをし始めた。

恥ずかしいけど、自分で動く分、気持ちいいタイミングで擦《こす》れて、いつもより濡れるのも早いし、気持ちよくなるのも早い。

クチュクチュと擦《こす》れ合う度に音がして、気持ちよさが広がり早く達したくて腰が動いた。

「あっ、イッちゃう……ッ、んっ、あっ、ンンッ！」

じわりと快感が弾けて、ハァーと、快感の余韻に浸っているとグーエンにお尻を上げさせられて腰が浮く。淫蜜を垂らす蜜口に反り勃った熱杭があてがわれた。

「ま、待って、今、挿れると……ダメ、だからぁ」

「なにがどう、ダメなんですか？」

ぬぷぬぷと先端の鈴口が蜜口を出入りして、その度にビクビクと体が震えてしまう。

「やぁ、イッたばっかり、だから、きゃんっ、んんっ」

　グーエンがお尻から手を放すと、蜜口に咥《くわ》え込ませた先端が、圧倒的な質量でズプズプと挿入《はい》ってきた。

　自分の体の重さで沈む度に、媚壁が圧迫されていく。

「ひゃぅぅ……っ」

「動いて、ヒナ」

　こんなにいっぱいいっぱいなのに無茶ぶりして……と、涙目で睨みつけると「可愛い顔で睨んでも、ダメですよ？　そそられるだけですから」と、笑顔でキスをされた。

　キスを交わした時に、口の中に入ってきた舌のねっとりとした動きに、子宮がズックリと痺れて、キュウッとしてしまうなんて、わたしの体はどれだけエッチが好きなのか……いや、グーエンだから、好き……なのかな？

　自分のものじゃない唾液が口に広がってコクリと呑み込むと、唇を吸い取るように吸われる。

　唇が離れ、透明の糸がお互いの唇にかかった。

　ゆっくりと腰を動かすと、自分の気持ちいい箇所に当てられるから、いつもよりも気持ちがいい。

　グーエンがしてくれるのももちろん気持ちいいけど、自分の体のことは、自分が一番わかっている。

「はぁ、ん、ん、気持ち、い」

「ヒナ、私も気持ちいいですよ。ヒナの蕩《とろ》けそうな顔を見ながら、一生懸命腰を振っている姿も見られて、怪我もしてみるものですね」

「んっ、う、怪我は、もぅ、ダメだから、はうんっ、はぁ、ふぅ」

もう、お腹の中グズグズに蕩《とろ》けちゃいそう……いつもより早くイッちゃったら申し訳ないけど、でも、気持ちいい。

こうしていると、グーエンがすぐにエッチをしたがるのが、わかる気がする。

「ん、んぅ、グーエン。もっ、ダメ」

「なら、一緒に達《イ》きましょうか。ねっ、ヒナ」

「んっ、イクの、んくぅ、あっ、あっ、あぅんッ」

二度目の絶頂は、グーエンが精を吐き出す動きが淫壁を通じて伝わってキュンッとした時だった。

お腹がピクピクと痙攣《けいれん》して、グーエンに跨《また》ったまま胸にもたれかかる。ハフハフと息を荒らげていると、そのままグーエンに押し倒されて腰を押しつけられた。

「ひゃんん――ッ！」

「中がすごい、ビクビクしていますね」

一瞬のことで、なんの抵抗もないままに奥処《おくか》を突かれて、絶頂を迎えたばかりの体は再び剛直の動きにビリビリと痺れる。わたしは抑える間もなく、あられもない嬌声を上げていた。

「んあぁぁあっ、グーエン、やぁんっ」

「嫌じゃないでしょう？　すごく気持ちよさそうな顔ですよ。ヒナ」

「そんな、こと……ふっ、くぅ、あっあっ」

グーエンが腰を深く沈め、穿《うが》つ度にグーエンの出した白濁とわたしの蜜が溢れて、淫猥《いんわい》な音を立てた。

「ヒナ。ヒナと体を繋げていないと、自分の中のなにかが、満たされた気がしません」

「あくぅ、ぁ、あぁ、いっぱい満たして、いいよ、あっ、はぁ、んんっ」

「ヒナ、ヒナッ！　やはり、私の番《つがい》は最高です！」

ズンッと強く突き上げられて、わたしは体を弓なりに反らす。

「――っ！」

媚壁がピクピクと小刻みに痙攣《けいれん》して、目の前が白く弾けた。

子宮内がぎゅうっと締まると、グーエンは満足そうに口元に笑みを浮かべて、わたしの中でまた熱い飛沫を放ち、満たしていく。

背中の傷を心配してわたしが動いていたはずなのに、いつの間にか、わたしがグーエンの下であんあん喘がされ、結局、グーエンに何度も揺さぶられ、腰が抜けるまで抱き潰された。

「ヒナ、愛しています……もう絶対、離しません」

「グーエン……ずっと、傍にいて……っ！」

「ええ、永遠に一緒です」

グーエンの言葉にわたしも頷き、それからまるで会えなかった日々を取り戻すように貪りあって、わたしが船室から出られたのは二日後だった。


タンッと港の地面に降りると、船からはベックが手を振っていた。

わたしたちはセスタ国で降り、ベックは海兵が国まで送り届けるそうで、ここでお別れである。

まぁ、本人は妹さんに今回の慰謝料を渡したら戻ってくるのだそうだけど。

暁さんの面倒を見続けたいとか……助けてもらった恩があるとはいえ、ベックは律儀な人だと思う。

暁さんは一応、デニアス卿を殺した犯罪者ということもあって、警備塔へ連行された。

わたしとグーエンはベックを見送り、これから買い物をして家に帰るつもりだ。

出航の合図が鳴り、ベックに手を振って「またねー！」と、見送った。

「ヒナ、疲れているでしょうし、夕飯は外食にしますか？」

「ううん。せっかくの我が家だからなにか作って、明日のお弁当のおかずも作りたいな」

「久々のヒナの『愛妻弁当』ですね」

「ふふーっ、なにかリクエストはある？」

グーエンがわたしを抱き上げると、ゆっくりと歩きながら「ヒナが作るものはなんでも美味しいですけど、やはり唐揚げでしょうか？」と笑った。すっかり唐揚げ推しになったようだ。

「じゃあ、鶏肉を買って帰らないとね」

「夕飯はどうしましょうか？」

「んーっ、お店でブラブラしながら決めちゃおうか」

二人で久々に歩く町並み。活気のある露店街はいつもと変わらない。相変わらずグーエンの笑顔に凍りついたり、商売根性で話しかけてきて、本日のおススメ品を味見させてくれたりする。

卵に鶏肉に豚肉のミンチ、そして魚介類に野菜を買い占め、ホクホクでようやく我が家に着いた。

あの日、暁さんに枯らされてしまった木とハーブ。茶色く萎《しな》びたまま乾燥してしまったから、今度のお休みにまた土を取り換えてあげなければいけない。

ハーブは来年また植えよう。

「ヒナ、家に入りましょうか」

「うん。久々の我が家だね」

「「ただいま」」

同時に声が出て、顔を見合わせて笑う。ああ、わたしはすっかりこの世界で、この場所で、自分の居場所を見つけたようだ。

家に入って鼻をくすぐるのはこの家の匂いで、そういえばこんな匂いだったと思い出す。

少しだけ紅茶と甘ダレのような匂いがする。グーエンがお茶を淹れて、わたしが料理をするから、家に染みつきはじめた匂いだ。

わたしたち二人の匂いとでもいうのだろう。

うん。我が家に帰ってきた。

「キッチンに材料を置いておきますけど、すぐに料理をしますか？」

「うん。美味しいものを作って食べて、明日のお仕事のためにゆっくり休むためにもやっちゃうよ！」

グーエンはわたしを床に下ろすと、キッチンに材料を置き、それをわたしが選別していく。

今日の夕飯分の材料をキッチンカウンターに置いていると、後ろからエプロンを掛けられた。上を見上げるとキスで唇を塞《ふさ》がれて、キスの間にエプロンの紐を結ばれる。

「それでは、報告書を警備塔に届けにいかなければならないので、少しの間、出かけてきますね」

「はーい。いってらっしゃい。今のうちに、夕飯の準備しておくね」

「楽しみに帰ってきますね」

「ふふっ、行く前から帰るのが楽しみなのは、どうなんだろう？」

船の中で「仕事を早々に終わらせて家で二人でゆっくりするんです」と、報告書を必死に仕上げていただけあって、グーエンは早く帰る気満々だから、こちらも早く夕飯の準備をしてしまわなければいけない。

グーエンが玄関を出ていく音を聞きながら、わたしは久々の我が家のキッチンで夕飯の支度を開始する。

「まずはトマトの湯剥《ゆむ》きしちゃいますか」

本日の夕飯は完熟トマトが手に入ったので、トマト中心にするつもり。

大きなトマト二個はヘタのところを包丁でスパンと横に切って、中身をくり抜いてお鍋に中身を入れちゃう。

トマトは皮に十字キズをつけてお湯に入れれば簡単に皮が剥《む》けるので、残ったトマトの皮を剥《む》いてしまう。

皮は茹《ゆ》でると丸まって歯ごたえが悪くなるから、なるべく剥《む》いちゃったほうがいい。

湯剥《ゆむ》きしたトマトを刻んでお鍋に入れて煮込み開始。

煮込んでいる間に、鶏肉を明日のお弁当用の分と、今日の夕飯分に切り分けてしまう。

お弁当用の唐揚げは六個くらい。あと照り焼きにしてこれもお弁当に入れてしまおう。

そして残りの鶏肉は、フライパンで塩コショウを振ってソテーにして、トマト煮込みに放り込む。

コンソメを入れて、生クリームを投入。これに平パスタの麺を絡めれば、トマトクリームのチキンパスタのできあがり。

パスタはグーエンが帰ってきてから茹《ゆ》でればオッケーなので、トマトクリームは火を止めてそのままにしておく。

「次はジャガイモ～」

大きめのジャガイモを選んで皮を剥《む》いて、細かく切って茹《ゆ》で、トマトクリームソースと混ぜ合わせる。中身をくり抜いたトマトの中に詰め込んで、上にチーズを載せる。

こっちもグーエンが帰ってきたらオーブンで焼いてしまおう。

大体三分くらいで充分。焼きすぎるとオーブンの中でグズグズに溶けちゃうから要注意だ。

「あとは、魚介類だね」

海老の背わたを抜いて、竹串に刺す。ホタテは三連で刺しちゃう。

玉ねぎを輪切りに、イカは薄皮を剥《む》いてから串刺しにして、溶いた卵と小麦粉を混ぜ合わせ、串に刺した具材を浸け込み、パン粉を付けたら油で揚げていく。

「居酒屋メニューっぽい気がするなぁ……」

警備塔や船の中でもそうだけど、獣人の皆はガッツリ食べるから、ついついこうしたものが多くなっちゃうのよね。揚げ物にばかり頼りがちかも。

まぁ、お弁当にも流用できるかなー？　とか考えると、こういう揚げ物になりがちなのだけどね。

グーエンが帰ってくる前にお茶用のお湯も沸かしておこう。

うんうん。わたしにできることは料理なのだから、やれることはやっておいてあげよう。

ポットに水を入れてお湯を沸かし、キッチンの椅子に座って一息つく。

夕暮れのオレンジ色の光がキッチンの窓に入り込んで、まるでドラマのワンシーンのようだ。

お母さんが夕飯を作って待つキッチン……わたしにとっては、ドラマや作り物の中にしかなかった世界。

「グーエンと結婚して、よかったなぁ……」

自然とそう思ってポロッと出た言葉に、「私も、ヒナと結婚してよかったです」と後ろから声がして、グーエンが「ただいま」と微笑んでキッチンに入ってきた。

「おかえりなさい」

椅子から飛び降りてグーエンに抱きつくと、キスの雨が降ってくる。グーエンの尻尾が忙しなくブンブン動いていた。

「こうして誰かが家で待っていてくれるのは、いいですね」

「そうだね。誰かがいつもそばにいるって今までなかったから、結構嬉しいかも」

「これからも一緒にいましょうね」

「うん。そうだね」

早速、帰ってきたグーエンのためにパスタを茹《ゆ》でて、その間にオーブンでトマトを焼いた。

食卓に並べて二人で一緒に食べるご飯には、幸せが詰まっている。

「明日のお弁当はどうするんですか？」

「ふふふっ、明日は今日仕込んだお肉で唐揚げ、照り焼き、ご飯の上には醤油と生姜で煮つけた肉そぼろと卵そぼろをかけるよ～。あと、串揚げが残ったら、それも入れちゃおうかな」

「ヒナの『愛妻弁当』は楽しみです」

「いっぱい愛情込めるから、いっぱい食べてね」

夢の方向は少し変わってしまったけど、求めるものは変わらない。

誰かに『美味しい』と言って、笑ってもらえるなら、それがわたしの活力源になる。

幸せを込めて、わたしはグーエンのために作っていこう。

明日も明後日も、これから先もずーっと、この人に『愛妻弁当』を――

この作品に対する皆様のご意見・ご感想をお待ちしております。

おハガキ・お手紙は以下の宛先にお送りください。

【宛先】

〒150-6008 東京都渋谷区恵比寿 4-20-3 恵比寿ｶﾞｰﾃﾞﾝﾌﾟﾚｲｽﾀﾜｰ 8F
（株）アルファポリス　書籍感想係

メールフォームでのご意見・ご感想は右のＱＲコードから、
あるいは以下のワードで検索をかけてください。

アルファポリス　書籍の感想　検索

ご感想はこちらから

本書は、「アルファポリス」（https://www.alphapolis.co.jp/）に掲載されていたものを、
改題・改稿のうえ、書籍化したものです。

庶民《しょみん》のお弁当《べんとう》屋《や》さんは、オオカミ隊長《たいちょう》に拾《ひろ》われました。

愛妻弁当《あいさいべんとう》はいかがですか？

ろいず

2021年 4月 25日初版発行

編集－渡邉和音・倉持真理
編集長－塙綾子
発行者－梶本雄介
発行所－株式会社アルファポリス
〒150-6008 東京都渋谷区恵比寿4-20-3 恵比寿ｶﾞｰﾃﾞﾝﾌﾟﾚｲｽﾀﾜｰ8F
TEL 03-6277-1601（営業）03-6277-1602（編集）
URL https://www.alphapolis.co.jp/
発売元－株式会社星雲社（共同出版社・流通責任出版社）
〒112-0005 東京都文京区水道1-3-30
TEL 03-3868-3275
装丁・本文イラスト－長谷川ゆう
装丁デザイン－AFTERGLOW
（レーベルフォーマットデザイン—ansyyqdesign）
印刷－図書印刷株式会社

ISBN978-4-434-28774-9 C0093